朗读者

李 蓉

　　播音指导，四川省广播电视学会播音主持专委会会长，四川省十佳电视艺术工作者。

陶 然

　　黑龙江省有声语言艺术教育研究会副会长，哈尔滨广播电视台主持人，哈尔滨市朗诵协会秘书长。

宫园源

　　成都市广播电视台主持人，国家一级播音员，成都十佳节目主持人。

范圆媛

　　四川广播电视台主持人。

饶 云

湖北省十堰市武当山经济特区主持人。

梁 丽

四川省南部县电视台主持人。

彭昆鹏

四川省成都市某文化传播公司剪辑师。

杨 澜

就读于四川传媒学院有声语言艺术学院，曾获"曹灿杯"青年朗诵大赛特别金奖等。

彭长征

　　成都市文物信息中心文博馆员。

向　昕

　　成都杜甫草堂博物馆文博馆员。

周　齐

　　就读于四川外国语大学播音与主持艺术专业。

谭　瑶

　　就读于四川外国语大学播音与主持艺术专业，新火之声网络电台台长，曾获第十五届中国国际动漫节声优大赛二等奖。

张 芮

就读于四川外国语大学播音与主持艺术专业，曾获湖南省第二届语言艺术节播音主持二等奖，第十五届中国国际动漫节声优大赛二等奖。

宋林珂

就读于四川外国语大学播音与主持艺术专业。

刘 健

就读于四川外国语大学播音与主持艺术专业，重庆市播音主持协会理事，曾获重庆市大学生主持人大赛一等奖。

蓝素有约

知名网络电台。萧秋水、蓝心、暮晓系蓝素有约网络电台主播。

瓦下听风

彭家河 著

GUANGXI NORMAL UNIVERSITY PRESS
广西师范大学出版社
·桂林·

图书在版编目（CIP）数据

瓦下听风 / 彭家河著. --2 版. --桂林：广西师
范大学出版社，2020.12
　　ISBN 978-7-5598-2857-6

　　Ⅰ．①瓦… Ⅱ．①彭… Ⅲ．①散文集－中国－
当代 Ⅳ．①I267

中国版本图书馆 CIP 数据核字（2020）第 088634 号

广西师范大学出版社出版发行

（广西桂林市五里店路 9 号　邮政编码：541004
网址：http://www.bbtpress.com ）

出版人：黄轩庄

全国新华书店经销

广西民族印刷包装集团有限公司印刷

（南宁市高新区高新三路 1 号　邮政编码：530007）

开本：787 mm ×1 092 mm　1/32

印张：9.25　插页：2　字数：200 千

2020 年 12 月第 2 版　　2020 年 12 月第 1 次印刷

定价：56.00 元

"逝者"无声亦有痕

读彭家河散文集《瓦下听风》

如果按能量守恒定律，在这个世界上，"生长的"与"逝去的"应是等量的。但在现实生活中，我们很容易忽略前者，却重视后者。这是因为，对于"逝去的"所有，我们往往都包含了一份守望的情愫，以及难以言喻的眷恋。因此，作家的书写往往是"朝花夕拾"式的追忆。就连孔子这位智者也曾留下"逝者如斯夫，不舍昼夜"的感喟。

彭家河也是一位对于"逝去"的哀悼者，就如同他的散文集《瓦下听风》这一题目所呈现的意象。不过，与许多作家写"人情"的逝去不同，彭家河主要是写"物"的，写那些与人情相隔、相远的事物，这就带来其"逝者"的独特性。

一般意义上说，不少写"物"者，都带有强烈的人情色彩，即使是那些伟大的作家也是如此。如鲁迅在《野草》和《朝花夕拾》中，藤野先生、范爱农、人力车夫和"这样的战士"等，都给人留下了深刻印象。而《兔和猫》和《雪》这样的直接写物的篇什，也因"三太太"和"孩子"的形象生动起来。还有《野草·题辞》，它虽为"野草"，却寓存着人的内涵。对此，鲁迅表示："在明与暗，生与死，过去与未来之际，献于友与仇，人与兽，爱者与不爱者之前作证。为我自己，为友为仇，人与兽，爱者与不爱者，我希望这野草的朽腐，火速到来。要不然，我先就未曾生存，这实在比死亡与朽腐更其不幸。"相比之下，彭家河的《瓦下听风》紧紧贴近于"物"相，既无亲情、爱情的伤悼，也无友情和家乡情的过于依恋，甚至没有让"人"对于"物"的观念性渗透。在此，"物"是作为一个具有相当独立性的存在而被书写的。

彭家河写"物"还有一个特点，他对人们习以为常的事物往往不以为然，而是偏爱世界的角落与隐秘所在。最有代表性的是逐渐失去的乡村，以及村庄的旧物，还有那些"边缘"与"盲点"。比如，与轰轰烈烈、不断成长的都市相比，作者更多地表现乡村，且偏向于关注乡村中"旧"物的流逝，像旧石器、染房、方言、地名志；又如，作者写到锈、壳、裂缝、光的阴面以及隐秘，这是与这个时代相去甚远，甚至有些不合时宜的远去的杂音。在日新月异和光芒四射的社会发展面前，这些逝去的"边角料"甚至"杂质"往往不为人重，因为在"进化论"者的眼里，它们简直不值一观，甚至毫无价值。

然而，在彭家河笔下，这些"逝去者"却能化腐朽为神奇，令人拍案惊奇。

其一，它们是作为时代滚滚向前发展的参照被看待的。在人们既定的观念中，"新"与"旧"被绝缘二分："新"的就是好的，就代表着进步和前进的力量；"旧"的就是不好的，就代表着落后与陈腐。于是，出现"文革"的"破四旧"和"立四新"的荒唐举动。其实，"旧"虽有缺点，但也是生命链条中不可或缺的一环，有时也是真的、善的和美的，尤其对于文学来说更是如此。作者在《方言》中这样写道："终有一天，我们的方言将会变得混杂不清，然后慢慢消失。城市没有了方言，乡村没有了方言，我们的世界将是多么单调和无聊。每一个人都是那么雷同，从肉体到灵魂，从声音到思维，这样的世界，活着还有多少味道？"这是在城乡关系中肯定方言的价值，在方言的大量和快速流失以至消亡面前，不能不为都市文明与人类文明的命运担忧。

其二，它们是一些可让人深思的生命的符号和密码。由于万事万物并非单独存在，它们往往是互相联系和互为依存的，所以透过这些"旧"物，作者看到了其中的"隐秘"，尤其在"溃退"中的留痕与启示。《锈》是彭家河的代表作，它通过农具闲着时生锈这一现象，来反思"物"与"人"的内在机理，尤其是有着形而上意义的哲思与醒悟。作者写道："我在无所事事时，时常会想到那些锈，其实它们与铁也算是兄弟，它们之间都有

3

相同的骨血，只不过人各有志罢了。那些红红绿绿的锈，与铁在一起，兄弟般紧密，这样看去，锈蚀着的铁倒更像是农具闲着无聊时的自娱的彩绘。铁与锈，这两兄弟间的争夺，却让农具们倍感痛楚，它们只得在乡下的阴冷中隐忍着病痛，无声地等待下一个耕种或者收割季节的到来。如同我，在鸡毛蒜皮的繁杂事务暂告一个段落后，时常会在空闲中感到空虚无聊，又期待那些琐碎的繁忙。农忙一过，锈蚀的农具便横陈乡间，无人搭理，让人看到世态炎凉不仅在人世，也在物界。在农民们看来，锈，只是农具的闲病，安逸舒适就染上了这种富贵病。农具的命也真是贱，过不惯好日子。"如此地写"锈"，写它与铁和人生的关系，及其所包含的哲学，这是很少见的，也标示出作者的哲思能力和高度。

其三，它们如诗一样被作者点燃和照亮了。在"旧"被视为垃圾与腐朽的年代，人们的价值观及其人生观往往都是功利和实用的，这就容易带来"焚琴煮鹤"和"买椟还珠"的困局。然而，如果有天地大道藏身，那么天地之间无弃物，更无废材，这也是中国古人所言的：天生我材必有用。彭家河的散文就有这样的特点，我们常能看到"天地大道"的统御，从而改变世道人心的狭窄与拘囿，以达到广阔、通明、澄澈的境界。在《裂缝》一文中，作者表示："天的裂缝，会消逝于无形之中；地的裂缝，会化为沧海或者桑田；龟甲的裂缝，千年流传；人心的裂缝，只会原封不动潜藏在心间……我们是否应该效法天地，置世间的凡尘俗事于无睹之中，以养某种浩气而长存呢？"于是，作者希望"或许，只有从天的裂缝中逃逸出去之后，才能作尘世最后的逍遥游"。这种"逍遥游"是在将"天地大道"隐于心间后的飞翔之舞，是浪漫的退思与梦幻般的追想。在《麦子的流年》一文中，作者这样写无益而被弃的麦茬——原来都是用来烧火做饭，但因为不做燃料了，于是麦茬更无用了，于是村民将麦穗摘走，留在地里的是那些如同弃物般的高高的麦茬。然而，作者写道："麦收过后，闲着无事的老人便慢悠悠地来到麦地边，长长地吸几口烟草，然后点燃麦茬。孤零零的麦茬在烈火的牵引下，终于又团结在了一起，它们在火中舞蹈歌唱，噼噼啪啪，麦茬在最后的歌舞中升上天空。在越来越浓的黑暗中，麦茬的火焰异常耀眼，在远远近近的山上山下都看得见，这是麦子最豪华的葬礼。"在诗意的审美中，麦茬作为肥料的价值得到了极大的体现和升华，一如豪华的葬礼之于一个人的贫困一生。

　　彭家河的散文写得很平静，有时达到了宁静致远的程度，他虽然也写城市生活，但基本停留在对乡村及世界的"边角"的烛照上，他仿佛手拿放大镜和显微镜，在极耐心地观照并透视着，所以极得细密与隐含之致。这在《镜像》、《捕风者》和《光的阴面》等文章中都有表现。作者透过光的折射以及对自己那间背光房间的照亮，静静地观察光的阳面与阴面及其转化和流走，以及思考其间所包含的天地之道与人生哲学。于是，文章有了透力与智慧。作者通过光的阴面这样概括说："光与阴，光之所以为光，就是因为阴在它的身后；阴之所以为阴，也就是因为光在它的另一面。那些时间呢？正是因为有终点，起点才有意义。时间的起源，就在于停止。如果世间万物，没有兴衰枯荣，没有生老病死，那才没有意义。时间的意义产生于终结。当一个生命没有死亡，则没有生命可言。黄金的意义在于它消失得更慢，光的意义在于阴把它紧紧相逼，生的意义在于死无可抗拒……无限的意义就在于有限，如果没有这些与之格格不入的对立面，一切都将毫无意义。"这些近于晦涩的哲学表述，其内里是明晰的，也是具有深刻洞察力的，没有一颗"宁静守一"甚至虔敬之心，是不可能达到如此深度和境界的。

读彭家河的散文仿佛进入一个童话世界：作者就如同一个孩童，他旁若无人地用一些陈旧的玻璃碎片，对着光折射世界人生的斑斓，并将影子投射到依旧斑驳的古旧城墙上。表面看来，这与现实的人生距离甚远，也没什么热闹与喧嚣可言，但是，彭家河的散文却有影有痕，在无声的回音壁上自由书写着一个时代的过往、历史的图景、人心的变动，以及人情、生命、天地之道的启迪甚至劝诫。如果读者看厌了世间喧闹和花哨的电影，不妨来读读彭家河散文中的黑白无声影像，那将是一种在天地间孤独行走的独特感受。它会让你静下来，带着思索与安宁进入诗样的优雅和梦样的幻想，一种天高地迥、清越辽远的天地道心之中，尽管其中也不乏一丝怅惘和苦涩的滋味。

　　基于此，彭家河的散文还有某些难解之谜，一些让作品充满神秘感与不可知的张力结构。这既表现在天地宇宙的神秘浩瀚，也表现在城乡文化的艰难选择与转型，还表现在人性与人心的深不可测，当然还有家族迁移、人的出生的密语。即使是一个小虫子的生命也充满哑谜。作者在《失踪者》中这样结尾："想起那些在小小县城里失踪的男男女女和关于失踪的是是非非，才发觉'失踪'是多么容易遇见的一个词。我们的生活终究如此下落不明。"大如一条河流，小到一个异乡人，再到自我的灵魂的归宿，都难找到"下落"，一如风中的种子自高天吹拂而下，难寻自己的生根之地。因此，读彭家河的散文，读者要注意那些问号、叹号和省略号，其中有更多的信息若无声之痕悄然滑过。

　　如果给彭家河的散文提什么希望，我认为主要有二：一是笔力应该更加集中。与现行的碎片化散文创作不同，彭家河非常注意集中表现一个"选题"或"问题"，即使是"麦子"、"锈"等都是如此。不过，在结构作品和开拓主题时，他仍有平面化的局限。就如同剖开一枚果实，需要层层递进，方能达到内核。因此，如何让"麦子"和"锈"能结构性地展示其形、色、味、

7

意等，这是需要进行规律性探求的。如果让笔墨在平地上随意流淌，那就很难深入地层和地心，产生更深刻的力量。二是观念还要进一步突破。就目前情况看，彭家河的散文在不少观念上有重要突破，如超越了"人是万物的主宰"这样的"人的文学观"，而进入"物"尤其是天、地、人和谐发展的境界。不过，在对待城乡关系、人类的未来发展及其命运时，作者仍未走出传统，在此方面显得较为保守与短视。其实，天地万物与人类一样，它的溃败有时不一定就是真正的失败，有时还是新生机的开始。就如同一个人的变老与死亡一样，人们很难用好坏、成败来称量，因为这不仅通向"生"道，某种程度上也是一种"优雅"，一种成熟与智慧的显现。因此，只欣赏人的年轻美貌，而不能看到老年之美，那一定不是智慧的。从这个角度理解城乡关系，彭家河或许就会获得一种新的文化向度，尤其是克服对于城市的某些抵触情绪。

以是为序！

王兆胜

2016年9月27日于北京

（作者系中国社会科学杂志社副总编辑，《中国文学批评》副主编）

目　录

乡村进化史

城市心灵史

大地编年史

乡村进化史

以退为进，或许是乡村进化的谋略……

草木故园

比起人丁，乡下的草木已日渐兴旺。

乡村其实是属于草木的，村民本是不速之客。在发现有水有树后，那一队队从猿一路迁徙成人的村民便驻扎下来，开始日出而作，日落而息，谈婚论嫁，生儿育女。于是，乡村便改变成了另一种模样。正是由于村民们的到来，那些山山岭岭、沟沟坪坪便也同时有了名字，成为村民们最朴素的方位标志。

在张家山、袁家岩、彭家这些普通的地名间，不同的家族便在这些山沟坪坝里生长。如同一棵树，种子落下来，然后生长成小树，小树又生长成大树，大树的种子又落下来生长，于是长成了一片树林。在川北的深山中，生长着不少这样的树，它们能行走、能说话，它们在山间演绎着自己的悲欢离合。

彭家是我们家族聚居的一个小山坪，村里最古老的那棵柏树要七八个青壮年伸手才合围得住。浓密的树枝遮蔽了树下的山坡，树下一年四季都是干燥干净的，没有草木能在它的身下生长，粗大的树干也没有人能攀爬。老家的房屋后面有三棵古老的柏树，其中有一棵枝膊长得低矮一些，小时候村里有个身强力壮的小伙子爬到树顶上去过，因为树上有不少白老鹳聚居，他想去掏里面的蛋。结果他掏出几只小白老鹳，摔到树下，几天后，在树上不知居住了多少年的白老鹳便搬走了。

村里老人们听说此事后，都说那个青年忤逆。还讲述邻村有个青年上树掏鸟蛋，结果把手伸进鸟窝，发现一团凉丝丝的柔软东西，他抓起来一看，原来是一条爬进鸟窝的毒蛇，于是吓得那个青年从树上落下后摔死了。老人们一讲，再也没有人敢上树掏白老鹳的窝了，可是白老鹳们再也没有回来过。

每天晚上，从远处的西河或者嘉陵江里劳作一天的白老鹳回来后，都要在树上吵闹一会儿才肯睡觉，听着那些声音，我便会梦到很远很远的地方。风雨过后，我家房顶上便落满了白老鹳粪和长长短短的枯树枝，有时还有些鱼骨头，我爹便把那些粪扫下来堆在一起，作自留地里的底肥，那些树枝和圆圆黑黑的柏树果便撮回灶屋烧锅煮饭。每年夏天的晚上，村里都会刮几次大风，听着房顶上呼啸的风声，我不怕房顶上的瓦被风揭走，却怕那些大树顺风倒下来砸到我家的破瓦房，于是我不敢入睡。然而就在恐惧之中，我却一次又一次地慢慢睡着了。

那些古树个个都巍峨挺拔，村民们路过时都要仰望才看得到树枝。在我上小学的时候，有一棵大树为了全村的族人，作出了最后的牺牲。村里要安电了，要永远告别柴木取火的时代了。然而我们村除了树多就是人穷，哪里找钱买电线电杆呢？村里大大小小开了几天会，决定砍掉一棵较小的树。

那树在我家的东面。在挖浮土的前夜，村上找来德高望重的长者在树下烧了纸、杀了鸡、点上香，祭祀这棵树后，第二天一早才动工。我们周围的大人小孩便围着那树张望，那棵小树也有两三个成年人合抱那么粗了。把树下的浮土挖去，发现树根盘根错节，也非常粗壮。于是决定从树根部锯掉。村里木匠找来一根一米多长的钢锯条，为古树做了一个特大号的锯子。于是，几个青壮年便坐在树的两边，轮流使劲拉锯，不一会儿，个个都累得满头大汗。在来回的锯齿中，热腾腾的金黄锯末便在一颗颗雪亮的锯齿间落下，很快就在树干的两边积了一大堆。看着那两堆细软的散发着热气的锯末灰，我仿佛看到那是树里流出的血。半个时辰过后，那宽大的锯条还卡在粗壮的树干中间，仿佛咬在树干上的一排锋利牙齿。周围的大人小孩都端着饭碗过来看看，嘴里啧啧地说："这树真大。""长了几千年，能不大吗？哪个人能活这么久呢？"

午饭过后，过来几个小伙子爬上柏树，把粗粗的纤绳拴在柏树腰部，然后顺着树下的空地摆好。因为怕树倒歪了砸到周围的房子，要人们把树拉倒在空地上。到了下午，长绳两边站满了全村的当家人，那根锯条也快咬到树的另一边了。我们小孩子都围了一圈，想看那大树是如何倒下的。结果被家人赶得远远的，如果树倒偏了，小孩子跑也跑不动，砸上可不得了。等我们远远听到大人们"一！二！三！"的齐喊声后，只听"呼"的一声，那是树梢划过天空的声音，紧接着就是"嘭"的一声沉闷巨响和树枝被折断的喀嚓声，然后就是一阵地皮抖动，那棵巨大的柏树倒下了。我们跑过去，发现长长一溜黑黑的圆木倒在地上，仿佛一条巨蟒。我们都争着往上爬，好不容易才能爬到倒地的树上。看到沟壑重重的树皮，想必它已经历了多年的风雨，然而却在这个时间倒下。

　　那棵大柏树在几天后便支离破碎了，中间的树干也成了一段段的木料，这些上等的木料都先后运出了村，有的换成了电线，有的变成了电杆，那棵大柏树的根也慢慢挖出了一些，那个巨大的有一人多深的大坑也填平了，种上了胡豆。每次看到那里长出的开着紫黑小花的矮矮胡豆，我便想起那个地方曾经站着巨大的柏树。

　　房前屋后全都是树和竹子，这些都心中有数。后檐有棵柚子树，东面路边有棵紫薇树，房子后面还有几棵大柏树。多年没有回家，这些东西依然清楚。然而，多年没有回家打扫院坝，不少不知名的草也慢慢侵过屋外的石板，仍蓬勃向前。

与我的老家一样，李家湾、蒲家湾、杨家山的那些院落也慢慢人去楼空。老的去世了，年轻的外出打工去了，年幼的也跟上年轻的父母进城当上了农民工子弟。他们在乡下的家园也日渐荒芜，还给了草木。

村里男男女女不少在远远近近的城里安下了家，凭借在城里高价买下的住房，也把户口迁进了城。老家的房屋没人照看，日渐破落。地里的野草也没人打理，自然而然退耕还林。

当初闯入乡村的庄稼人东一个西一个地离开了，有的进入树林里的坟地，有的进入村外的城市，他们都把祖业连同村庄抛在了身后。那些没有砍下的树，那些没有除掉的草，又慢慢地，把曾经撕开的伤口一点一点缝合，把曾经的人世悲欢一点一点地掩埋。

回望老家，草木葱茏。

2009 年 3 月 10 日

（刊于《人民日报》2015 年 1 月 26 日）

锈

锈，是乡下流行的一种绝症。

当悬挂在墙头的镰刀、锄头、犁铧和堆放在灶台的锅铲、饭勺以及那些装盐盛油的金属的瓶瓶罐罐周身泛红发绿或者变黑的时候，我就知道，我的老家已经无可救药。锈，盛开在铁器或者铜器上，招摇着猩红与暗绿，艳丽绚烂，却暗中透出冷森森的死亡的气息。

空闲的农具和炊具，都毫无例外地会感染上锈病。锈的来袭悄无声息，不紧不慢，虽然无足轻重，但是，如果天长日久，则会病入膏肓。对于锈，那些日出而作、日落而息的农村人从来不觉得这是一种潜在的危险，他们更不会想到这些农具或者炊具真会有长年闲置的时候。

那些炊具，一日三餐，每天都要擦洗好多次，不时还会沾

8

染不少油星。油星是锈的宿敌，在油脂的保护下，那些黑色的铁锅、铲、勺安然无恙，日复一日，焕发着温柔的光，照耀着农村单调而恬静的日子。农具则不同，一到农闲，它们无一幸免地会患上季节病，经受锈的洗礼。农事分大春和小春，农具也分大春和小春。大春期间，小春的农具会感染锈病，而小春期间，大春的农具则又会出现病态，年复一年，它们就这样轮换交替，仿佛患病是一段轮休的假。大春、小春，其实是两个许多人都陌生的词。大春是指春夏季种植农作物的时间，一般指种植水稻的五月到九月。小春则是指那些头年十月间播种第二年四月间收获的农作物的种植时间，小麦、油菜、大豆这些都是小春作物。稻子要栽种在水田里，麦子、豌豆、胡豆等则不用，也有人用旱地和水田来区分小春和大春作物。大春是农民们活跃在水田里的季节，小春则是农民们关注旱地的日子。还有人说，种水稻是满足吃饭问题的大事，小春只是辅助性的种植，大春小春就是这样得名的。这似乎有点含混，在没有水田的北方，不可能一年四季都是小春吧？不过，节气总会有序轮回，农具和它们的病也因此会一直反复。

大春会用到挖地的锄头、耕田的犁铧、平整水田的耙、割谷的镰刀以及打谷的拌桶、打谷机等。而小春呢，也会用到锄头、犁铧、耙、镰刀，其他的则是与大春无缘的连枷和一些农用机器了。一个全副武装的农家，这些农具是缺一不可的。农忙时节，当季的农具会与农民们一样，起早摸黑，泥裹粪沾，要风雨无阻地把村里上上下下能种要收的田边地角打理完毕才能歇息。大春小春的抢种抢收也不过半个多月，农忙一过，大家都无所事事。农具也和村民们一样，成天待在农家院落晒太阳睡懒觉，消磨漫长的乡下时光。农事一毕，男人们的瞌睡就大了，女人们的皮脂又厚了，那些能说会道的农妇一有空就打扮一新，忙着走亲串户，提亲说媒，无人问津的农具们则都先先后后地起锈生病，忙点它们自己的事情。锄头、镰刀这些，时常会有事做，通常没有时间歇下来生病，还没在墙头屋角闲多久，又被主人们带到村外挖土、铲地、割草，又被磨得光鲜锃亮，神采飞扬。犁铧则会闲得久一些，当铧面上泛起点点深黄色的雀斑时，它们才会被扛进水田或者旱地，与黄牛水牛一起同步耕田犁地。当犁铧从泥里或者水里拿出，抖落浑身的泥水后，则又容光焕发，宛如落在凡尘的月牙。那些专门用来打谷的手摇打谷机、专门打麦的脱粒机，则要整整闲置一年，这漫长的一年，足够它们在梅雨季节染上锈病，让那些从湿气中生长出来的红锈绿锈黄锈爬上铁的皮肤，噬咬铁的筋骨。在没有农事的季节，农具的铁都在悄然无声地与锈战斗。

我在无所事事时，时常会想到那些锈，其实它们与铁也算是兄弟，它们之间都有相同的骨血，只不过人各有志罢了。那些红红绿绿的锈，与铁在一起，兄弟般紧密，这样看去，锈蚀着的铁倒更像是农具闲着无聊时自娱的彩绘。铁与锈，这两兄弟间的争夺，却让农具倍感痛楚，它们只得在乡下的阴冷中隐忍着病痛，无声地等待着下一个耕种或者收割季节的到来。如同我，在鸡毛蒜皮的繁杂事务暂告一个段落后，时常会在空闲中感到空虚无聊，又期待那些琐碎的繁忙。农忙一过，锈蚀的农具便横陈乡间，无人搭理，让人看到世态炎凉不仅在人世，也在物界。在农民们看来，锈，只是农具的闲病，安逸舒适就染上了这种富贵病。农具的命也真是贱，过不惯好日子。

同农具一起生病的，往往还有那些骨瘦如柴的老农。农忙时节，裤子一提就下地了，没有工夫生病。麦子种上了，谷子进仓了，那些躺在垫着厚厚稻草的松软木床上睡得骨松肉散的农民也与农具一样，经不住连日的阴雨或者持久的潮热，通常会一病不起。有的熬上一两个月，还能在下一季农忙时又精神抖擞。有的则一蹶不振，熬不到过新年或者熬不到新米新面出来的时候。乡下人，死得圆满不圆满，都是按农时来评定的。"这人死得真不是时候，马上就要吃新米了。""看他熬得到正月底不。"从这些农村时常听到的话语中，可以看出，农民们对生死的唯一期待就是能在一个好的时节或者完成新一轮收割之后安

11

然离去。

看上去，农闲时，铁往往比人还脆弱，经不住锈的侵蚀。当然，人的肉身最终根本无法与铁的铁骨对比，铁过上一年半载，磨去锈蚀，还完好如初，人却只有一天天羸弱衰老，然后死亡。锈是铁唯一的癌，而人，却会有各种各样的绝症。

农具的病期不过半年或者一年。当铧、锄们躲藏在阴暗处生病的时候，农民们则忙碌着生儿育女，养老送终或者哭哭闹闹，扑河上吊。在农村，再有天大的事都不能耽误耕种和收割，所以，那些农村必需的故事只有农闲时来完成。在农村，田地一般是不能撂荒的，生长了千百年的庄稼地，如果哪天突然长满了野蒿或者别的杂草，连路过的异乡人都要叫骂："这家人不会是死绝了吧？这么好的田地都不种。"农村没有人忍受得了这样的话。所以，就是打架骂街的，遇到农忙，都要把那口恶气硬咽下喉咙，等把田地里的事收拾妥当之后才从容上阵。

农忙一完，正午或晚饭过后，村子后面的大石头上便不时会响起底气十足的声音："大家听着啊，是哪家的牛昨天把我地里的麦子吃完了……"这是传统的几句开场白，接下来便是至少长达一个小时的粗俗叫骂，全村上上下下都能一字不漏地听得清清楚楚。登台表演的通常是村里的泼妇，如果是夏天，她们还要端上一盅开水，边喝边骂，如果是冬天，也要骂到自己声嘶力竭才回家。那些女人从来都是选择村中心的制高点作为叫骂的位置，她们一开场，全村人不得不完整地听完她恶毒的诅咒。在婆媳们估计到那泼妇的话语即将进入到下一阶段的直白咒骂或者低俗白描时，便会赶紧拉过小孩，捂住孩子的耳朵，想让孩子避开那些成人之间的某些细节。然而，这些却是孩子们最渴望听到的新鲜词句。某一天，当类似的话突然从孩子们口中吐出时，大家才又开始叫骂那些时常在村头演说的女人在作孽。有时，那些泼妇叫骂的内容也会在成人间不断引申和篡改：你要把人家的姐姐妹妹先人板板如何如何，你去吧，看你行不行？这些叫骂的细节结果变成村里传颂的笑柄，虽然低俗但流传久远，如同一块耐磨的锈，牢牢地附着在淳朴的乡村记忆上。

锈垢在潮湿中一天天蔓延增厚。农事的日子又一天一天临近，农具们焕然一新的时间也就不远了。农事之前，老农们都要拿出上季的农具，敲敲打打，磨磨洗洗，修整妥当，等待着高产期的到来。锄头只需在地里挖几下，就容光焕发了。镰刀、铧尖等则要找块砂纸或者光滑的磨刀石，把铁上面的锈磨掉，再把刀刃、铧尖磨得锃亮，准备农田里的又一轮冲锋。刃具生锈之后，锋口变得钝滞甚至出现缺口，如同牙齿稀落的老者。但是，只要一经磨砺，那些刃口锋芒依旧。虽然人不能像

13

铁，磨砺则新，但是，长久闲置的铁器在锈的侵袭下会迅速虚弱，甚至不及一个垂死的老人。

我时常注视着农具，注视着农具上铁的光。当农具上的铁光芒四射的时候，必定是农耕的盛世。当农具的光芒全隐藏在锈的背后，我知道，这是"打工时代"已经到来的标志。

在又一年的农忙到来时，那些农具却没有迎来磨洗的日子，仍旧挂在墙头堆在屋角。当年那些有力的臂膀呢？当年那些勤快的男女呢？在"打工"这个流行语弥漫乡村时，农具的病期其实就已经到了。这一回，锈的到来不是慢慢吞吞，而是来势汹汹，如风卷残云覆盖整个乡村。整个村子整个村子的青年男女全都只带着几件换洗的衣裳和用麦子谷子换来的纸钞，踏上了通向外省的长途客车，把年迈的父母托付给山村，把未来托付给一个叫"打工"的词。

陌生的城市不分大春小春，城市的水泥地也生长不出麦子水稻，城市只有高楼、铁路和各种欲望长势良好。钢筋水泥的生长不分节气，它们一年四季都能持续不断地拔节出穗，城市作物的生长期和收割期是同时的，是每一月、每一天、每一个工时。在城市，打工者每一分钟都能看到自己的收成，而且不用看云识天气，不必关注晴雨旱涝，不必担心风虫病害。塑料、布匹、铁、钢、沙石、水泥就是城市的农作物，在流水线、工地、机床，它们能生长出玩具、衣物、电器、汽车和楼房。乡下庄稼的那些名字，在城里则成为一个个不常用到的生僻字。

田野到村子的路已经被野草覆盖，当年的麦地稻田早已草木丛生，谷物只是田野曾经的辉煌，如今的庄稼地早已到了更年期，她们的怀里再也孕育不出大米白面。不时有隐形的电波，趟过山下的河流，跨过村外的高山，来到村里的电话或者手机上，远方儿女的话语时断时续，仿佛他们远道而来在不断地喘息。孩子上学的钱、老人治病的钱、修房还债的钱，全从那些叫东莞、虎门、临汾、王家岭的陌生田地里生长出来，沿着看不见的山路，一眨眼就从城市的柜台来到了村外的场镇，滋润着日益荒芜的乡村。乡村的生长，其实只需要庄稼，从村外汇兑回来的现钞，却更像是一条无形的绳索，把乡村越捆越紧，动弹不得。

打工时代就这样变戏法般地解除了农耕时代的武装，农耕从此在村庄慢慢隐退，农具把表演的舞台转交给了杂草。杂草接管后的乡村从此孤寂平淡，波澜不惊，那些不善言辞的农具和无力外出的老农从此备受冷落。

等待了一个农时的农具没有等到开工的洗礼，又等待了几个农时的农具依然如故，开工已经成为梦想。它们何时能够重见天日东山再起呢？然而，等待的日子已经太久了，谁也不知道那一天什么时候到来。解甲归田的农具已经被锈百般蹂躏，肆意凌辱。铁，原本是农具上唯一锐利和坚硬的部位，然而，在锈的顽强攻势下，铁的意志也被轻易突破，铁的部位最终成为锈占领农具的起点。铁，成为农具的致命死穴！农具的沦陷居然是从最锋利的铁开始的，这可能在任何人意料之外，如同世事，总是让人始料不及。铁在农具上的宿命，倒是一个值得深思的命题。最锋利的铁，在农具驰骋原野的时候，是所向披靡的胜利之师，当农事转向低谷时，居然成为腐败的先锋。铁，在农具上承载了太多的哲学意蕴。当农具上那些木质的柄、木质的框，成为农具最后的轮廓时，那些处在锋口的铁则在年复一年中被锈击溃，百孔千疮，颓然委地。那些猩红的、惨绿的、暗黄的锈，则成为农具临终唯一悼念的花。

年青有力的、能跑能跳的村民们全都被一个叫"打工"的词劫掠到了城市、矿山、工地，村里只剩老弱病残，他们成天与病入膏肓的农具一起，在村子里等待着离去的时日。田地全都荒芜了，大春与小春也被寄回的现钞分割得四分五裂，儿女们在电话中远远地安排着乡下的季节：庄稼全都不要种了，只种点蔬菜。一年的开销，加班一个月就挣回来了。农时与庄稼全被工时冲击得支离破碎。工时，是乡村最强大的敌人，农事的溃败源自城市诱惑与乡村叛逆的全面夹击，乡村注定是这场战争的失败者。而那些从农事上带走的男男女女，住在城市的郊外、地下室、接合部，涌入城市的工厂，劳作，劳作，用自己的血汗换取微薄的薪酬，委屈自己期待余生的幸福。

村里的族规、村训，都没入荒草。村口的学堂早已成为空房，村外的肥田沃土，都成为杂草的天堂。乡村没有了人声，没有了烟火，丰收的喜悦和年关的喧闹都一片片地从往昔的岁月枝头落下，如今的乡村只剩光秃秃的两根枝丫，一根朝这，一根朝那，这一根叫荒芜，那一根也叫荒芜。

曾经无限荣光的农具仍旧年复一年地守候在院落，厚覆着锈垢和尘埃。我想，它们今生是再也等不到重现光辉的时刻了，这一代，将是它们最后的尘世。

如今的乡村，是锈的盛世。锈，封存了农事繁荣的乡村，销蚀着农耕时代最后的微光。打工时代的城市，也是乡村最隐秘的锈，锋利而无情，虽然它们之间是骨血兄弟，却是把乡村伤得最深最痛的致命敌人。

我的乡村，锈已成为主人。我和兄弟姐妹，则沦为一个个遥望故园的异乡人，在回忆中啜泣。

2010 年 7 月 7 日

（刊于《鸭绿江》2011 年第 1 期，收入《2011 中国散文年选》）

瓦下听风

瓦是乡村的外衣。

当我再次提起瓦的时候，已远在他乡。多年没有回老家那个小山村，想起故乡，眼前还是当年离开时的景象。绿水青山不见苍老，而我却早生华发。

在川北延绵而舒缓的群山中，村落就像灌木丛，一簇一簇地分布其间。远远望去，几间灰白的墙壁和青黑的瓦顶在墨绿的草木间若隐若现，仿佛被弯曲的山路串起的葫芦挂在重峦之中。早年经常在深山中负重前行，窄窄的山路总不见头，有时要找一块歇脚的石头都非常困难。我在上初中时，每隔几周的周末就要与父亲一道从周边剑阁或阆中的乡场上背小百货回村代销。有次父亲特地称了我背的货物，居然有一百八十斤，我怀疑我小腿粗壮就是因为从小经常背货和庄稼造成的。在山路

18

上走得精疲力竭快要倒下时，转过一个山弯，突现一片竹林，便心头暗喜。川北农家都喜欢在屋后栽慈竹，主要是能就地取材编背篼、撮箕、席子等。果然，浓密的竹叶间透出一行行落满竹叶长着瓦松的青瓦，看到瓦缝间飘散着绺绺灰白的炊烟，顿时就有到家的感觉。不管主人熟不熟识，暑天都可以到人家檐下歇凉，雨天可过去躲雨，如果正好赶上吃饭的时间，主人家自然也不会在乎一碗酸菜红苕稀饭。所以，看到了瓦，也就看到了家，心里就踏实了。

在乡下时，盯着瓦顶发呆的时候也不少。早年乡下没有通电，也没有多少书看，特别又是在感冒生病后，能做的一件事就是躺在床上数檩子、椽子和亮瓦。川北多柏树，檩子都是去皮略粗打整过的小柏树，椽子则是柏木板，年辰一久，灰尘和油烟就把檩子、椽子染成与老瓦一样的黑色。在漆黑的房顶上，只有几片亮瓦可以透些光亮进来，不过瓦上的落叶和瓦下的蛛网也让光线更加昏暗。亮瓦是玻璃制成的，能透光，却看不到瓦外的天空以及树木。但只要凭借瓦上的声响，就知道房顶上的过客。如果声音是一路哐哐哐地传过来，那一定是一只无聊的猫，如果是急促的沙沙声，那肯定是心慌惯了的老鼠在顺着瓦沟跑。更多时候，只是听听瓦上难以理喻的风。屋外草木长年累月不挪动半步，石碾、石磨也只是在自己的地盘上打转转，鸟儿们也很少在房顶上玩耍，只有风，天天在房顶与瓦说些悄悄话。

　　瓦与风总有说不完的话，人听到的，只是极少极少。瓦与风一般都是轻轻絮语。我想，他们谈论的，无非就是坎上庄稼的长势啊、西河里的鱼啊、二帽岭上的花啊……因为每年春节前，我爹都要上房扫瓦，扫下的就是麦子、鱼骨头、小树枝这些。瓦仿佛是从不喜欢外出的主妇，风就是一年四季在外面闯荡的男人，一回来就带些外面的小玩意，讲一些外面的小故事，把瓦哄得服服帖帖。当然，有时候，瓦与风也会吵嘴，甚至打架。夜里，总有些瓦从瓦楞间翻起来，与风纠缠，有的还从房顶上落下，摔得粉身碎骨。只要听到啪的一声刺耳脆响，瓦下的主人都会心头一紧，然后不问青红皂白，对着房顶就大骂风。肯定是风的不对，瓦成天都默默不语、任劳任怨，风过来一会儿，房顶就不得安宁，瓦还要跳楼寻短见，难道不是风的错吗？这些，风能说得清吗？风可能受了委屈，一路呜呜着跑了。落下房顶的瓦摔得四分五裂，被抛在路边。别的瓦仍然低眉顺眼，与属于自己的那一缕风继续私语。或许他们对风对瓦的性格早已习惯，总有几片瓦会与风一起私奔，也总有几片瓦会宁如玉碎。乡下的故事，不就是这样的吗？

　　瓦是乡下的土著，是飞翔的泥。川北乡下多的是泥和草木，虽然没有煤啊金的，但是厚厚的土壤能长麦子、玉米和红苕，所以川北农村早年穷是穷一点，但都不会挨饿。而且摸清了泥的特性的村民们，在泥瓦匠的侍弄下，把生土制成熟泥后，再制作成瓦，进窑一烧，松散无骨的泥土便坚硬成形，弧形的瓦便是其中一种。一片瓦就是一块泥的翅膀，一片片瓦俯仰房顶的时候，瓦屋也就在瓦的羽翼下暖和起来。梁上的瓦永远都保持着飞翔的姿势，只要风一来，瓦就会在风中展翅。风从瓦边经过，瓦从风中经过，其实都是飞翔，只是参照物不一样。独坐瓦下，思接千古，视通八荒，何尝不是在瓦下飞翔。

瓦只要上了房，盖在檩椽上，往往就是一辈子的事。要么是仰瓦，要么是扣瓦，仰瓦要上大下小，扣瓦要上小下大。有时，房脊梁上还会摞一排立瓦。每一片仰瓦的大头都要压在上一片仰瓦的小头下，每一片扣瓦的小头都要压在上一片扣瓦的大头下，而且所有的扣瓦都要压住仰瓦的边沿，这样严严实实、严丝合缝，才能遮风挡雨，营造一个温暖的家。瓦有瓦的命运，瓦也有瓦的规矩，乡下人肯定早就读懂了这些。

一年当中，乡下人待在瓦屋里最长的季节就是秋冬两季。庄稼都收种完毕，梅雨时节或者霜雪天气，无所事事的大人小孩就团聚在一起烤火或做些家务。但更多的时候，我则喜欢钻进温暖的被窝，垫着枕头靠着墙壁看小说，这样身心都温暖如春。我在乡下教书时，有年在南充人民中路一旧书摊上买回了所有的《十月》《当代》等文学期刊。我背回这些泛黄的杂志，度过了一个又一个寒假和生病的日子。有一天，我合上杂志，听着瓦上风声，突然明白，每一个人都在羡慕别人的人生。其实每一个人只能经历一种人生，唯有通过小说，可以品味别人的酸甜苦辣，可以经历各种人生。一个人不可能经历各种人生，只有做好自己，过好自己的人生，此生也才有意义，重复或者模仿别人的人生既不可能也毫无意义。从此，我出入瓦屋豪庭，身居陋巷，还是穿行都市，内心恬淡自信，对世间奢华，静如止水。

瓦下的孩子都一辈一辈长大，离开了瓦屋，走出了大山，估计都没有多少闲暇回一次老家，更没有多少机会再在瓦下静静坐坐。其实，每一片青瓦下，都沉睡着一粒怀乡的种子，总有一天，他们会在风中醒来，听听风中的故事。我相信，每一条都市的大街上，都有来自乡下的孩子，总有一天，他们会怀念瓦下听风的日子。

2017 年 12 月 1 日

（刊于 2018 年 1 月 10 日《人民日报》，

《散文海外版》2018 年第 3 期）

麦子的流年

　　乡下五月，雪亮的镰刀把山上山下的麦田麦地逐一清理，将那些头头脑脑带走之后，身首异处的麦子便东倒西歪地留在荒郊野岭，等待着最终的了断。

　　夜幕一层一层地盖下来，光秃秃的麦地便在越发浓厚的灰暗中迎接最后的涅槃。烈日暴晒下的麦茬脆弱难当，于是便成了火的猎物。那些麦茬再也不必盖房搭棚了，再也不必烧火煮饭了，再也不必沤粪当肥了。于是，麦田便成了麦茬天然的祭坛。

　　村里的青壮年全外出打工去了，剩下的尽是老弱病残，如同这些缺肢少腿的麦茬。年迈的老人和年幼的孩子们再也无力把麦子像早年一样从根部割断，然后成捆地背回院坝晒打。老人只有孤单地拿着带齿的割镰，一大早带上幼小的孙子慢慢上路，经过一个山湾再经过一个山湾，到地里割下那些有芒或者无芒的麦穗，然后慢慢背回，或者直接在麦地边铺张塑料布，把割下的麦穗倒上晒一天，傍晚的时候再用连枷打下那些干瘪或饱满的麦粒，然后背上半背连着麦壳的麦粒回家。

当年割麦打麦这类需要多人合作的重大农事，竟然就这样简化成单枪匹马的独角戏。

早年，乡下人丁兴旺，麦收时节，家家户户都要排好轮次请乡邻或者亲戚过来帮着收麦。早餐过后，七八个男男女女就背上背枷拿上镰刀走向几里外的麦地，一路说说笑笑，欢欢喜喜。到了麦地，三五个女人在麦地边一字排开，俯下身子伸手挽过一把麦子，然后在根部狠狠一刀，哧哧声中，麦子齐刷刷地倒在女人们的臂弯里，仿佛静静地睡去。女人们把割下的麦子放在一边，身后的男人便过来用水泡过的稻谷草将这些倒地的麦子捆扎成把，丢在空地里。其余的男人则坐在地边的石头上抽烟喝茶，讲些关于男人女人器官的段子给大家提神。女人们埋头默默地割着麦子，偶尔笑出几声，算是对男人们的回应，于是男人们讲得更起劲了，女人们也忘记了疲劳，地里的麦捆转眼也多了起来。看地里的麦把差不多了，闲谈的男人们便把长长烟袋前的烟锅朝下在鞋底敲几下，抖干净里面的烟末，装进布袋，走下晒得发烫的石头，把麦把紧紧地捆在背枷上，然后几个人帮着把沉重的背枷一抬，那些男人便背着麦捆子往村里走。一捆麦子不下两百斤，男人们肩上还得搭张毛帕，屁股后还得拖根杵子，毛帕随时擦汗，有时也垫一下背，如果在路边找不到歇息的石头，便支着杵子换口长气。村里狗多，当男人们背上麦子在农家院落间经过的时候，那些老老小小的狗都要跑过来追着咬，拖着杵子，狗也才不敢上前。

一天突击，几亩麦子便全收到了家，再不担心暴风或者暴雨的突然袭击了，农民们这才能够睡个安稳觉。但是，也有意想不到的时候。有的人家因为亲戚朋友没有工夫，便计划拖几天再收割，然而，突然会在某个半夜听到呼呼的风声。主人家再也睡不着了，不能躺在床上眼看着一季的收成转眼化为乌有。于是，男人便一骨碌翻身下床，叫醒老婆儿女，或者兄弟姐妹，一起连夜去抢收麦子。这样的事我也遇上过好几回，迷迷糊糊中被叫起来，背上背篼摸黑上路，凉风一吹，打几个冷战，头脑一下就清醒了。一路来到麦地边，发现周围麦地里全是人，都在趁黑抢收。大人们摸黑抢割麦子，怕小孩子不小心割伤指头，便让他们捆麦把子。风一吹来，尖锐的麦芒在脸上扫来扫去，又痛又痒。四周是黑洞洞的山和鬼魅一样的草木，不远处还有大大小小的坟茔，风吹草动，虫鸣鸟惊，都要让孩子们背心冒汗。大人们便故意与隔地的大人们讲话，东一句西一句，还不住地叫骂这鬼天气，给孩子们壮胆，再也没有闲心抽根烟了。风小了，天也亮了，地里的麦子差不多全席地而卧，男人们这才放心坐在地边歇一会儿，抽上烟，摆摆龙门阵，小孩子也顺便溜到地边寻找野果子吃。如果不抢在风雨之前把成熟的麦子收割回去，一场大风，麦子就会在地里乱成一团，麦粒也会散落一地，根本无法收拾。如果遇上连续几天雨水，那些麦粒就会在麦穗上长出嫩黄的芽，虽然又是一条条小命，但是会变成农民们最伤心的泪。

麦子收回了家，这只算麦收完成了第一步。要让麦子装进仓，还有许多事要做。麦子收回后，农民们看准一个个晴天，把成捆的麦子全部解散开来，让太阳晒上几天，直到抓过一把麦穗一搓一吹，亮晶晶的麦粒出现在手心时，打麦子的时辰才算到了。早些年，村民们都用连枷打麦子。把麦子铺在没有缝隙的石板院坝里，然后举起连枷轮番拍打这些麦把子，打完一面，翻过来再打另一面，直到把所有麦粒都打下了，才用木叉将麦草挑到一边，把麦粒撮到别处暴晒。打麦子都要选太阳最毒辣的正午，这时麦子才脆，打起来轻松。有时麦把子捂得久了，长了霉，连枷一打下去，刺鼻的霉灰呛得人直憋气。这样的手工劳作沿袭了上千年，直到后来村里用上了机器，脱麦机很快把连枷淘汰出局，过去一次打麦要几天的工夫，转眼便缩短到半个多小时。

脱麦机进村后，改写了村子的历史，也改变了不少村民的命运。沉重的脱麦机有一个漏斗形的进口和一个宽大的出口，在进口和出口之间，是一个用厚厚铁皮包裹着的转滚，转滚上几块厚实的铁片由粗实的螺丝固定着，看起来十分简单，居然能代替人打麦子，不可思议。柴油机的飞轮与脱麦机的转轴用宽宽的皮带连接着，机手用手柄将柴油机嘿哧嘿哧摇响之后，柴油机便带动脱麦机的铁滚飞速旋转起来。在脱麦机的出口处可以看到那个铁滚上的铁片一个接一个飞速闪过，看得眼睛直冒金花。在巨大的声响中，村民们便开始紧张地流水作业。几个人把成堆的麦把往机器跟前运送，两个人用镰刀把放在齐进料口的桌子上的麦把割散，推给漏斗前的送料手。送料是个技术活，要掌握火候。送多了，机器拉不动，要熄火。送少了，机器空转，费时费油费钱，所以送料十分择人。机器一响，声响震耳，灰尘四起，人们都戴着口罩，无法说话，全靠打手势，大伙都心领神会，忙碌而有序地服务这台机器。幸好时间不长，最多半个小时，上千斤麦子就打完了，村民们个个都灰头土脸，鼻孔嘴巴里全是黑灰。大家都顾不上洗漱，马上抬机器到下一家继续打麦。

比起早先啪啪啪懒洋洋的连枷声，机器的声音则过于急骤了，这种折磨比用连枷打麦更甚。然而，还有更让人意外的事。

　　送料手要选那些精明的青壮年，他们眼疾手快，反应灵活。可是，出事偏偏就在他们身上，我们村就有两个，十分精干的人，正因为他们活跃能干，村里请他们帮忙打麦，他们都当送料手。脱麦机一转，漏斗口就把麦把子往里面吸，送料手就负责把麦把理匀，或前推后拖，让麦把子连续不断地卷到铁滚上，然后把麦粒脱下。接连几年，村里都平安无事。然而，有一年，有个青年在送料的时候，天知道他在想什么，他居然把手伸进去多了几分，飞速的铁片碰上了他的右手掌。他惨叫一声，拼命缩手，转眼间，光秃秃的右手鲜血直喷，已经没有了手掌，空荡荡的有点突兀。机手迅速关掉机器，周围的人马上死死捏紧他的右臂，把他抱到一边，另几个则飞快地跑去寻找村里的赤脚医生。后来，父亲说，那几根从脱麦机出口落出来的手指也早没有血色，落在石板上的几截白晃晃的，落在麦粒里的灰扑扑的，根本看不出来是手。我每次经过那些生意火爆的卤菜店，看到那些盐水泡鸡爪就恶心，仿佛就是那些被机器打掉的手指。后来回村的时候，我见到这个右袖口空洞的长辈，总要假装没有发现他的右手，他也看似无意地悄悄藏匿起那截飘荡的袖口。几年后，我回村看到他脸上露出了笑容，心里才好受了一些。

从此，村民们对脱麦机有了不可名状的恐惧。在闲谈时，还经常讲那个独手青年如何学着用左手吃饭穿衣，像婴儿一样开始使用小瓢，都说他是在做二世人。来年打麦的时候，没有人敢用手直接送麦子了，而是找来一个小扫把，把麦子往进料口推，但仍然发生了类似的惨剧。

后来村里通电了，电动机替换下了柴油机，电动机的呜呜声比柴油机的轰鸣小多了，听着也不烦，电费虽然高，但人们的动作再不必那么紧张了，却还是十分小心，毕竟脱麦机曾经差点要了人命。

很快，村里出现了小型的脱麦机，两个人就可以操作，至此，打麦才基本轻松下来。再也不用担心脱麦机吃人了，或者不再担心柴油机的飞轮突然脱落下来，飞旋着打断人们的肋骨或者房梁。

机器的更换，让农村的农事随之变化，人们的劳作也日益轻松，同时不少意想不到的故事也随之上演。比如，机器在农村也有被淘汰的时候。

当第一个被迫离家的青年从南方带回大把的钞票和外省漂亮婆娘的时候，村里的青年男女都惊诧了，于是一个接一个的青年男女都换上了"打工仔""打工妹"的新名，从偏僻的山村挤到了一个个从来没有听说过名字的地方：东莞、中山、深圳、西安、农八师、大同……过去在村里全是耕田犁地的，出去便顺理成章地当上了车工、漆工、制衣工、制模工……不少还混上了拉长、文员、公关……三五年后，村里的女子与外省的男子好上了，远嫁到那些陌生的省份，村里的男子也带回了说着村民们听不懂的方言的女子。一台台酒席过后，男男女女又背包打伞地走了，十年八年不回家。经常有儿女托人把村里的父母接到遥远的城市，然后再带上一个小娃娃回来在村里哺养。村子不是家，成了旅店，寄放着乡情、父母和儿女。然而，南方或者北方也没有家，他们居住着廉价的出租房，寄放着生活和梦想。

在遥远的地方，城市在一天天膨胀。乡下人用汗水洗清了城市下水道的污浊，乡下人用皮肤擦亮了城市的高楼，乡下人用消瘦扛起一片片高楼和一座座桥梁，虽然他们的汗水越来越混浊，面容越来越苍老，但他们仍坚定不移地待在阴暗潮湿的出租房里，毫无归意。那些麦色的脸孔，在城市里被人民币、港币、美元染画得五花八门。城里分不清春分冬至，大满小满，乡下人进城便忘记了农时。

大春小春、麦田麦地在城里都毫无意义。进城的青年男女穿上了皮鞋、牛仔裤，习惯了工号、饭卡，再也不愿意光着脚板下田插秧，再也不愿意冒着小雨打牛耕地，虽然不能成为城市的户主，但也愿意长期当作城市的暂住人口，毕竟城里看到梦想的机会比农村多，城市比农村更容易满足自己。那些廉价的晚会、免费的公园、花样百出的促销总能让他们得到不少实惠。这一辈子不过还剩二三十年，再暂住个十年八年，这辈子也算是城市人了啊。进城的乡下男女把麦子留给了村里的遗老遗少，收割麦子的方法不再是远在他乡的男女们思考的问题了。

如何收割麦子成了夏天村里的头等大事。老人们只有自食其力，没有力气把整棵的麦子背回，那就只割下需要的部分。于是，村里从此割麦便留下深深的麦茬，只背着背篼一路割下成熟的麦穗，一亩地的麦穗也难不倒一个年近花甲的老人，一背麦穗对于一个十多岁的留守少年也不是问题。麦收时节，再也没有过去大队人马浩浩荡荡进地的壮观场景了，再也没有过去说说笑笑的热闹气氛了。老人们想念着远方的儿女，默默地割下一根根麦穗，孩子们想念着电话那边的父母，默默地背起一背背麦穗，曾经热闹的乡村变得悄无声息，变得孤单寂寞，变得荒芜颓败。

大片大片的麦地如同遇上一只只沉默的蚂蚁，他们或早或晚，上山下山，把一粒粒麦子运回了村子，收进了柜子，等待着远方打工的儿女回来品尝新面。可是，往往是新麦放成了蛀麦，儿女都不曾回来一次。最先尝到新麦的，无疑是那些日益兴旺发达的老鼠。

早年，那些麦茬被齐整整地背回家，铺在房顶上，搭成的草棚冬暖夏凉，或者生火煮饭、烧砖烧瓦，或者切成细末和进黄泥糊墙。实在没有用处，便堆在路边，让日晒雨淋，然后沤粪撒地。对于这些，村里的老人们都不需要了，麦茬在长出麦穗后，它们都没有了用处。如同这些老人，把儿女盘大送走后，都没有人要了，抛在山野，自给自足。老人们看清了自己对麦子的直接需求，不再枝枝节节，于是单单割下麦穗，然后烧掉麦茬。

麦收过后，闲着无事的老人便慢悠悠地来到麦地边，长长地吸几口烟草，然后点燃麦茬。孤零零的麦茬在烈火的牵引下，终于又团结在了一起，它们在火中舞蹈歌唱，噼噼啪啪，麦茬在最后的歌舞中升上天空。在越来越浓的黑暗中，麦茬的火焰异常耀眼，在远远近近的山上山下都看得见，这是麦子最豪华的葬礼。

早年那些被完整地运回村庄的麦茬，或被存放或者腐烂，回到了麦子头年离开家的地方，它们都叶落归根魂归故里了。然而，这些在野外点燃的麦茬，它们的魂灵又在哪里呢？

那些远走的儿女，如同一粒粒外出的麦子，他们什么时候再回村庄？他们以什么方式重回生养他们的地方？老人们的女儿嫁到了外省，多少年来，没有见上一回亲家的面，两家人没有吃上一回团圆饭，没有照上一张全家福。女儿显然成了那粒不知落在何处的麦子了，长成了野麦，难以找寻。儿子们呢？都在远远近近的城镇买下了房，或者待在遥远的城市，成天与不懂农事的外地女子一起拼命挣钱，虽然不易遇上婆媳战争，但也很难再孝敬双亲。还有呢？就是那些能飞檐走壁的青年，一个个走进了班房，走上了刑场，那些尸骨在远远的地方燃烧，是不是也像这些懒得回收的在野外点燃的麦茬？

麦子的流年，浸染着人世沧桑。麦地的烟火，映照着千万个你我。

2009 年 11 月 7 日

（刊于《山花》2010 年第 5 期）

壳

壳，是乡村的外衣。

乡村有许多种壳，怀抱米粒的谷壳、包裹树木的树皮、覆盖大地的野草、漂浮在水面的绿萍或者红萍。这些形形色色的壳连同里面的瓤横七竖八地摆布乡间，乡村从此充盈丰满，这些壳壳瓤瓤散发出来的味道汇在一起，便成为飘荡在山间淳厚的乡村味道。

其实，有的词语也有壳，看见词语，就知道词里包含着什么，比如乡村。乡村是一个有壳的词语，壳里包裹着泥腥味的人情世故、方言土语和各种唱腔的民歌。可是，近些年来，当我一再回望我的乡村时，却再也找不到曾经盛开在壳里活色生香的乡下时光，再也听不到流传在村头寨尾的飞短流长，乡村只剩一个空洞枯槁的秕壳。

我曾借助汽车、火车、飞机远离或者回归故乡，如同一只无所不能的虫子沿着洞开在乡村外壳上的孔道钻进钻出。我的故乡在四川北部的深山中，少年时，我常仰在村外的大石头上看那些一层一层的远山和山外空荡荡的天，那时我十分羡慕那些能飞的虫子，那些绝壁高山和夺命深谷，它们都能畅通无阻来去自如。我唯一能与那些虫子比试的就是我的目光，但是它们的能力远远超过我的目光，我的目光所至，它们能到达，我的目光不能到达的山的那边，它们也能轻松抵达。古人说，天地是蛋壳，被盘古劈成了两半。我在乡村时，就被这个壳的另一半死死罩住了。在乡下，我唯一的梦想就是变成一只能自由飞翔的虫子，飞离这个闭塞的壳。在更多的时候，我的目光尾随远去的虫子直到望断它的背影，最后只有一声青涩的叹息来填补我的失落。终于，在我十五岁那年，我飞出了我居住的那个壳，到县城上师范。对于没有翅膀的人来说，那些盘旋在高山峡谷间的坎坷公路，就是从壳里通向外界的幽深的孔。我是那一年我们村唯一爬出那个壳的一只光荣的虫子，我能钻出那个壳，是因为我已经成为一个年轻的考试能手。我曾经梦想能长出一双翅膀，飞离我身处的那个壳，在乡下多年，翅膀倒是没有长出来，却让我深刻地领悟到一个人人皆知的道理：知识改变命运。对于我，知识就是一双隐形的翅膀，能带我飞离现实抵达梦境。我离开我的乡村后，就再也没有在那里长住了。之后，我像一只漂泊的虫子，在大山中的几个乡村小学走走停停。在隐形的翅膀的带动下，我终于在离校十年后飞越重重关山，回到曾经上学的小县城，并已经在这个小城生活了整整十年。在我老家的那些伙伴看来，我则是那个幸运的破茧而出的虫子。我在这个小城结婚生子，奔走谋生，父母也进城给姐妹们带小孩，我的老宅锁了几年了，曾经聒噪的鸡鸣犬吠早已销声匿迹，那些牛羊猫狗早也换了主人，经历了多年的风雨和罕见的地震，我想，我的老宅可能只剩一个破败的躯壳了。

进入小城后，我多年租房，借壳蜗居，有时也沿着堪称豪华的高速公路和铁路出入小城。在途中，时常与"壳牌"广告不期而遇。我一直把"壳牌"的"壳"字读成"贝壳"的"壳"，我想那个红里带黄的标志是一枚展开的贝壳。但我一说出口，就被人指正，说应该读"地壳"的"壳"，并告知"壳牌"是外国一家卖油的百年老店，那个红黄相间的贝壳是一个名扬四海的商标。但是，我仍然习惯用口语叫它为"贝壳"的"壳"。"壳"的这个特异功能，只有在口语中才会出现，如果写成文字，这个变身术就消失了，好像武功废尽。语音和文字真是各有杀着或者各有硬伤，一个"壳"字，就让我如此难以表述。如果非要我区分"壳牌"和"壳牌"，我只能这样来说，那个读"地壳"

的"壳"的"壳牌"是洋货，读"贝壳"的"壳"的"壳牌"就归我，就算我首创的一个本土品牌。不过，我的"壳牌"是"空壳"的"壳"。想起"壳"字，我不由得苦笑，面对日益空洞的乡村，我只能如此徒劳地说说关于壳的细节。

矗立在路边草地里的那些巨大的"壳牌"广告，到底是那个跨国油店在占领地的胜利旗帜，还是我空洞的乡村的悲情注释？"壳牌"广告柱下面就是乡村裸露的土地、撂荒的农田和人去楼空的村落。那些曾经的庄稼地长满了野草，散落的种子都已经无迹可寻，田野里难以发现一丝农作物生长过的痕迹，天空的炊烟早已吹散，放眼望去，乡村只剩一个巨大的空壳，这是名副其实的"壳牌"乡村！高大的"壳牌"立柱，遍布平原高山，那些在日光或者月光中投下的巨大阴影，无论从哪个角度看，都是一片不敢深想的可怕病灶。

四川的丘陵立着我的"壳牌"广告、陕西的黄土上立着我的"壳牌"广告、江南的水边立着我的"壳牌"广告、北方的雪地和草原上也立着我的"壳牌"广告……我的"壳牌"很强大，兼并了南方北方，掌管着已经空洞的肥田沃土和广大的农村。其实，我只是想说，我的空洞越来越大。只要那个红黄的贝壳出现在哪里，哪里就随之成为我的空壳联盟之一。

十年来，我虽然很少回老家，但我经常驻留在与我老家一样的村落，与那些村落相比，我的老家别无二样。

我时常从小县城到村上驻点，一月两月，有时也陪人下村走走，三天五天，虽然只是走马观花，但是，我仍能深深地感觉到，我曾经丰满多情的乡村已经骨瘦如柴并日益苍老。

进入乡村，山更青了，水更绿了，在咔嚓的快门声中，乡村影像便成为一幅幅幽美的图画。我走过不少村庄，也看过不少乡村影像，与我早年生活的乡村相比，总发觉有所欠缺。早年村庄到处是炊烟袅袅，现在很难遇到这样的景致了。原来进村要时刻提防村里的狗，要拖根打狗棒。过去村里家家户户都养狗，现在村子都空了，鸡犬相闻早成云烟。进入乡村，我们如入无人之境。路过不少的院落，都关门上锁，门可罗雀。杂草漫上了台阶，屋檐下偶尔会有三两根木凳，但是也不能入座，上面厚覆的尘埃已经可以用手指划出深深的凹槽了。虽然我们进村比过去更加顺利，不必当心狗的袭击，但是走进这些无人接应的空城，我却感到十分孤独和失落。进入没有抵抗或者没有欢迎的城池，对于进入者来说，是一种最彻底的失败。然而，我却时时想起村庄的过去，早已物是人非，空洞的村庄无不让人黯然神伤。村庄有两种命运，要么无人问津，沦为古迹；要么是土地征用、挖山取矿、房屋改造，让村庄伤痕累累，面目全非。村庄不变的，只剩那些土里土气的地名。

在村庄，庄稼才是真正的主人。看一片山野有无人烟，看一个村落是否人丁兴旺，其实只要看一看那些山山岭岭的庄稼就行了。如果庄稼长势良好，遍布四野，这个村落必然人烟稠密。庄稼，是村庄唯一的标志，是乡村之壳最重的含金。没有庄稼的乡村之壳，轻薄易碎。

　　鸡鸭鹅、猫狗猪，这些动物，自从被称为家禽家畜后，就决定了它们的命运。有家才有禽有畜，当家都搬迁离散之后，它们自然也就无家可归，面临死路。在家禽家畜撤离后，老鼠从此高枕无忧，寻找墙角的余粮、偷袭存放的粮柜便是它们成天的工作，或许，它们已经把巢就近搬进了正房侧屋，以主人自居。老鼠虽然住进了农家院落，但它们并不是真正的主人，它们咬碎所有的家具、打通所有的墙壁、随地便溺、上蹿下跳，毕竟，它们只是入侵者，地下那些黑暗的洞穴才是它们的家。如同一个院落，整个村子都被老鼠逐一掏空，村子由实心变成空心就更加快捷和彻底了。

　　其实，村里最重头的还是洗洗晒晒、种种收收、娶娶嫁嫁、打打闹闹、生生死死这些事情。在大晴天，翻出那些蓝布的棉衫、红色的嫁衣以及被子毯子，在河边洗净这些新新旧旧的衣物后，搭在院前树干间的绳子上，时而有玩耍的孩子在衣物间跑来跑去，这些花花绿绿的衣裳，就是乡村最温馨的背景。种地收割，虽然比较辛苦，但是，把这事放在农村，倒不算一件痛苦的事。农忙时节，家家户户都要到东家西家去请些劳力来帮忙。十多个人一起进地下田，打谷栽秧，大家说说笑笑，打打闹闹，劳动似乎变成一种集体的游戏。耕种时节，是村庄最温暖的时候，所有的怨恨，却在一次集体劳动中化为乌有。在乡下，许多层心思都会穿插进农事，一并进行。如果哪家的女子相中了村中的小伙子，穿针引线的媒人就会见缝插针，把这两个青年请来帮忙割麦种菜。在共同的劳动中，他们暗中观察，农事完毕后，这婚事就基本定型了，成与不成，都有个准信。有了这一层意味的农事，再苦再累，都是一件愉快的事。更何况，在劳动之中，那些荤荤素素的打情骂俏，明里暗里的暧昧目光，就让繁重的体力劳动转化为一场鲜活生动的精神消遣。

农事过后，村子闲下来了，时间多了。男人们开始想入非非，女人们也时常打扮打扮，村里的流言蜚语开始在某个夜晚或者某个山坡流传，真真假假，是是非非，便成为村庄的大众娱乐。当然，这些事不能较真，不然，麻烦事就会一个接一个地上演。谣言中的男女家里就会传出叫骂和打闹声，一个故事就此进入高潮。有的故事进展"顺利"，会引出血案或者人命，但是更多的故事都流于平淡，大事化小，小事化了，人们期待的情节草草收场。乡村丰富的尘事就如此成为乡村这个词语之壳里值得细嚼慢咽的核仁。

在十多年后，我回到老家，路遇不少陌生的小孩和陌生的少妇，他们个个都和善地看着我。我知道，他们肯定是村里新生的村民和村里新娶的媳妇，我则成为一个传说中的外乡人。

我的乡村，如此丰满，如此诱人，然而，这都成为我记忆中的壳里乡村。

一年夏天，我到了一个村庄，在绿荫遮蔽下，绿中带白的李子还是鹤立鸡群般凸现出来。发白的李子是成熟的，味道最好，又脆又甜；发青的是嫩果，涩；发黄的是老果，软。我趁四下无人就去摘了几个吃，突然发现树下密密地布了一层李子核，我知道，这一定是去年前年落在地上的李子。这是一树没有主人的果实？！我咬着脆脆的李子，却尝到了一阵强烈的酸楚。这满树的果实，是我儿时多么浓烈的梦想啊！为了能寻得一枚果实，儿时伙伴们几乎想尽了一切办法，却往往无功而返。然而，现在，这累累的果实，却成为无人问津的弃物。

村里的炊烟早断了，村里的喧嚣早平息了，男男女女老老少少全都接二连三地进入了城市或者土地，把村庄抛在了脑后。那些从城市回来的，装进了小小的铁质的或者塑料的壳。那些留在乡村的，走进了宽厚的木质的壳。剩下的那些，除了能在城里按揭一套窄小的房子，全寄人篱下。壳，是人人必需的一件外衣，然而更多的如同借壳的蜗牛，在人生旅程中爬行。什么时候，这些蜗牛才有一个重重的属于自己的壳呢？

我乡下的兄弟姐妹，抛弃了乡村，进入城市，无壳而居。虽然可以在出租屋、单身公寓安放肉身，然而，那层柔软的没有甲壳的心灵，又怎么能够抵御城市有形无形的肆意侵袭呢？没有壳的保护，那些心灵又怎能不伤痕累累？

想着我的空壳的乡村和乡村百孔千疮的外壳，以及那千千万万在城市里无壳裸行的蜗牛般的兄弟姐妹，我心里更加空落。

2010年8月8日

（刊于《四川文学》2011年第1期）

方　言

　　方言是一个人最隐秘的标志，或者可以叫作烙印或疤痕。

　　任何人，只要他一张口，就能从他的发音、用词和语调上判断他生长在哪里，可能是什么职业，大致是什么学历，性格脾气如何，等等。可能当事人根本没有意识到这是一种透露或者暴露，但是所有的秘密已经一览无余。除非那些特种行业的人才会对这个细节小心谨慎，严防谨守，以防漏出半点其他信息，比如特工、专业案犯。

　　我是一个在离京城很远的地方生活的平凡人，无论我如何包装掩饰，我与生俱来的一种土气总是在一个个防不胜防的地方露出马脚。只要我一张口，我的方言口音就会昭然若揭地告诉别人，这是个来自四川北部某个小山村的乡下人。我的口音带着浓厚的乡土气息，我是我们那个地方方言最忠实的布道者，不管我如何拧扭自己的喉咙，我的声音都抛却不了那股红苕和大蒜的气味，不管我在语言中加入多少华丽的辞藻，都掩盖不了我卑微的出身。

倒不是我这个口音有什么不好，也不是我的方言有多么晦涩，只要我成天待在家里，待在我居住的小城，我就永远不会觉得这样的口音方言有什么障碍。但是，只要我一离开这个居住地，远一些，或者再远一些，我就会发现，我的口音方言是架在别人面前的一条鸿沟。单单我浓厚的方言，就让对方如听天外来音，如果非得让我用操惯四川土话的喉咙发出北京普通话的声音，我说出的每一个词语都足以让对方一头雾水。我挖空心思的表达只能成为笑谈，我的意图也无须更多的说明，所以，我只有缄默。在更多的时候，我只能作为一个沉默者出现。在我看来，我能成为一个沉默者，已经是十分幸运的了，因为我从事的职业不必说太多的话。我可以把自己打扮得光鲜锃亮，我可以尽可能多地运用些书面语言来掩饰方言上的缺陷，但是，我在交谈中的获得与我在语言努力中的付出是远远不对等的。在一个新的环境，我只要一张口，就感觉已经天然矮了一截。由于很少张嘴说话，有时一个简单的表述居然还会出错，于是，这种境遇让我变成了一个越发固执的缄默者。

我的方言缺陷直接佐证了我受教育的程度，普通话没有学好是因为没有受过正规良好的教育，因此我时常在自己的语言面前败下阵来。在我居住的这个小城，有一些操着纯正普通话的男女，他们的语音，似乎就是一个耀眼的光环，更为直接的，在我们这个小小的县城，普通话说得好的，自然而然就进入县电视台、县广播电台、县电信局，当上了白领，过着当地人梦寐以求的富贵生活。所以，我居住的小县城虽然偏僻落后，但仍然有不少北方的男女在这里当着白领。不为别的，就是因为他们的方言在我们听来，就是非常标准的普通话。我们本地的不少女子，几乎练破喉咙，结果都被无情地拒之门外。

　　我的方言对于我，只是不常有的一点点尴尬，然而，我的那些同村的伙伴和乡邻就远不止如此了。其实，我一直惦念着我的那些远在异乡的邻居和伙伴。他们与我一样，操着满口浓烈的方言，混迹于北京、深圳、天津、上海，他们比我更容易感受到方言带来的刺痛。在一个个满是普通话或者粤语的街头、车间、厅堂，突然冒出一声土得掉渣的异地方言，我想，这绝对是一种被尴尬或者窃笑掩藏着的自卑或者歧视。我的兄弟姐妹、我的父老乡亲就在这样的话语大潮中屡受伤害并苟且偷生。

每年春节，外出的男女老少大都回村了，他们终于可以回家缓口气了，可以自由地说说家乡的方言土语，可以解放一下被城市压抑的舌头，不必再硬着喉咙卷着舌头说些并不标准的普通话。在城市，我的兄弟们连说话的权利都被无形制约，在南方或者北方，我的兄弟姐妹们成为机器的同一类。我们这个县的青年在广东等地多有作恶，传说成立了不少帮派，以致不少当地人一听到我们这个方言口音，都会提高警惕，冷眼相对。是方言出卖了我更多善良的兄弟姐妹，他们要想轻松地寻找到一个看门或者进厂的职业，要比别的地方的打工者难许多。当然，这也刺激了我们的伙伴们自觉学习别的方言的热情。

　　年复一年，有许多新鲜的词语和异地的方言被带回村子发芽生长，卷舌头的普通话，粗壮的广东话，软绵绵的上海话，每年春节前后的乡村就变成了一个各地方言汇集的大超市，大家都交换着各地的方言，对比练习，交换得最多的是"我爱你""您好""谢谢""多少钱"这些日常用语。一个春节下来，连村里不少小孩都能用三五种方言流利地交流。年轻的兄弟们为了免遭莫名的伤害，都在尽力地适应城市的声音，都艰难地扭曲着声带，练习一些不明就里的发音，很短时间内就能操一口当地的方言，入乡随俗，再也不容易暴露自己的身份或者出身。就这样，他们迅速地隐匿于异乡，游刃在一个异样语音的城市，谋求最多的钞票和最大的快乐。早年，乡村学校里全是用四川土话教普通话发音的老师，全村没有一个学生能用拼音拼出正确的汉字读音，乡间还流传着不少经典的笑话，其中一个是关于"风"的。"风"这个字的拼音是feng，在乡村教师口中流出来就是这样的拼读："f——eng——feng——fong"，在我们的方言中，eng 是发 ong 的音，但是在中国的字典中根本没有 fong 这个读音的字。所以，从小，我们的教师就在试图把我们培养成外星人，所以，我和我的兄弟姐妹们在这个地球上难以落脚也就是自然而然的了。这些小小的发音差异，不但难为着当年的教师，而且深深地难为了一辈辈从山里出来的孩子们，为了这些简单音节的转换，他们不得不经受许多白眼和耻笑，不得不一再解释自己所说的那个词语。就是这些与生俱来的一个个异样的发音，让我的兄弟姐妹备受冷落，屡遭歧视。

　　我知道，在云南、贵州、内蒙古、新疆，有不少男男女女从乡村走出来，如同洗去脚上的泥垢一样，尽力清洗着口里的方言，操着日渐成熟的普通话融入城市纷繁的人流，除非检查身份证，再也没有别的办法弄清这些普通人的个人信息了。如果在制办假证者那里弄到了一个假身份证，那这些人如果不主动坦白，基本就无法辨认谁是谁了。难怪我不少的兄弟姐妹进入城市后，都不知所终，活不见人，死不见尸，就像他们清洗家乡的方言一样，城市也把这些外来者轻松地清洗了，无迹可寻。城市那么大，在哪里寻找一个不说方言的兄弟？城市那么大，在哪里寻找一个听得懂我方言的姐妹？

我出差到过一些城市，不时会遇上操着普通话或者当地方言的陌生人，可是在熟识之后，他们无不开心地用家乡方言说说笑笑，原来都是同一方水土养大的蒲公英，后来东飘西荡，四海为家，为了生存，他们不得不钻进异乡方言的甲壳，寻求更多的庇护，避免成为异类被排斥在外。

同村的那些成年男女，舌头基本定型，扭转已经非常困难，他们再也经受不起方言带来的打击，只得在城市里寻找能说方言的同乡，在外没扛多久，就回家守着方言味道的山山水水，不再外出。年轻的男女则全都操着几种方言，在大大小小的城市走走停停，或者成家或者远嫁，方言都变成了回忆里的幸福时光，半生不熟的普通话则成为每天的必需。这一代人，成为语言的杂食动物，消化着各型的方言土语。然而，那些打工者二代呢？进城者二代呢？远远的家乡，他们可能还从未回过一次，他们完全不清楚自己家乡的模样，他们完全没有自己的方言，他们生活在各型方言糅合的母语中，这些形形色色的口音便成了滋养他们的唯一方言，这些更加混杂的口音将伴随他们一生起起落落，将让他们的人生更加难以理出头绪。

除了打工者，还有不少通过各种方式进城的男男女女，他们慢慢将方言抛在了脑后，融入另一种方言。然后他们的孩子，几乎没有再懂父母方言的了，遗失了方言，还有什么能证明你是土著？还有什么能连起你对血脉源头的思念？

在来来回回的人流中，方言的持有者在一天天减少，方言的回应者也在一天天消失，当我们老去的时候，谁还能用方言与我们交谈？当我们的孩子长大后，还能不能听懂我们的家乡话？

方言，在我的兄弟姐妹们进城前成为无法消除的阻碍，当我的兄弟姐妹们把方言一一清洗干净后，回到家乡已经完全成为陌生人。方言，在我的兄弟姐妹们成为人父人母后，则成为我们后代难以消化的硬核。方言在消失，我们的生命记忆也在慢慢割裂。远方的家乡，还要多久，我们就会将你完全遗失？

终有一天，我们的方言将会变得混杂不清，然后慢慢消失。城市没有了方言，乡村没有了方言，我们的世界将是多么单调和无聊。每一个人都是那么雷同，从肉体到灵魂，从声音到思维。

　　我居住在我的小城，仍固执地使用着我浓厚的方言，穿行在陌生的街头，我也用方言寻找着失落在异乡的兄弟姐妹。

2010 年 11 月 24 日

（刊于《黄河文学》2012 年第 3 期，

《散文选刊》2012 年第 7 期，

《读者乡土人文》2012 年第 9 期）

旧石器

　　硬，与石是骨肉至亲，只不过到了婆家才改名换姓，成为石族中的远房。硬离开石族之后，就从一个实词变成虚词，只能对石给予注释或者强调，如同一个嫁出的女子，婆家与娘家就把她一刀两切，谁偏谁正从此一目了然。对石，硬只是比它多了一个依附；对硬，石还是它的骨血。

　　硬从石族中走出来，对石这个娘家也开始划分远近亲疏，将石细分成许多等级。或许因为硬的无形，石在硬划分下的等级才没有人在尘世的等级划分那么浅显和直白，石头的等级在尘世中虽然无影，其实是更加森严。

　　石头硬到极致就是金刚石，比钢硬，比金贵，可以摧毁任何一种别的石头，于是又叫钻石、宝石，正因为它无坚不摧世上稀有，自然无上高贵无与伦比。因此，钻石天然成为石族里的王。王族毕竟是少数，更多的则是等级高下不一的各类世族庶族以及平民。石头的等级，以硬度来划分只是标准之一，在王者之下，石头还按照些五花八门的标准又分成不同等级。正因为硬不随流光消逝，因而它的等级与世长存，也正因为硬无外形，所以石头的等级划分也更加隐秘。

揭秘石头的等级和世相，其实就是在石头中探寻柔软甚至悲苦的隐情。

在硬的划分下，钻石、玉石这些都早已从石族中剥离，归入珠宝玉器一类，好像与石没有了血缘。钻、玉、翡翠这些富贵的名字，早已凌驾于石头之上，享受着由硬硬生生地划分出来的优越等级。细细想想，她们只不过算是嫁入豪门，其实还是石头。

硬的评价标准由来已久而且从无更改，我想，其根本原因在于，硬可以与岁月抗衡，可以与腐蚀对峙。于是，人世的许多托付都安放于石族，以求与石一样恒久。然而，当钻石摆上了高高的案台，成为富贵的象征，于是金钱开始在硬与软之间作为媒介，进行着世俗的平衡和交易。在硬面前，人其实是多么卑微和软弱，有多少生命，只求一粒小小的硬石而亡命天涯；有多少生命，只求遥远的刻石勒功而血溅沙场；有多少生命，在一块无法透视的石头面前竟面目全非……这一切，全因为硬。

硬就如此硬邦邦地把人们厚裹的画皮剖开，硬就如此直接地把软——肢解。在硬面前，软只有坦白屈从或者瓦解。硬，从来都是冷面无私，在硬面前，只有更多的血腥、裸露和真相。

当然，硬也不是独行天地不食烟火，而是与石相依相存，更多的时候硬还得通过石器才得以表达。石头从毛坯成为器物，其实就是硬划分的等级的一次表现，是砧凿对硬的等级的一种确认。对硬的验证，更多的时候就是看能否让石破裂和对石塑造。石器，就是对硬中的软进行瓦解的结果。

石器的时代已经渐行渐远，但我仍深深怀念前人们给予石器的那些托付。当然，我所说的石器，无非就是逐渐在乡村消逝的那些石质器具和在城市偶尔出现的一些石材雕塑，是那些必将在尘埃中隐匿的陈旧物，正如我的那些必将在岁月中远逝且不会有任何印记的平凡的叔伯长辈。品味石器的人间万相，也就是在石族的平民中游走。

那些旧石器在我亲眼所见并亲手所用的时候，它们已经是算十分高级的新石器了，与当年猿人们的打制或者磨制根本无关。乡间的那些石磨、石碾、石碓、石缸、石槽、石碑等，便是石族的人间世相，是乡邻们的生活物证，是乡村时光的另类表达。当然，这些石器，自然是在硬划分下的平民，如同使用这些石器的普通劳动者。在城市，这些旧的石器也不在少数，只不过，已经增加了更多的城市印记，已经上升到艺术的高度，自然与那些农具远远地拉开了距离。没有落差的，就是铺垫在城市里的那些基脚石条或者小巷的石板。但是，这些已经为数不多，更多的已经被混凝土和钢筋取代。

对旧石器的念念不忘，无疑就是对不再的乡情的眷恋，对石族的平民的怀念。

村里有不少石磨，有大磨小磨。大磨通常是祖传的，直径有两米上下，磨扇压在磨芯上，磨芯与磨盘连在一起，大磨常安放在宽敞的屋子里，下面垫着几块大石头，稳稳当当。推大磨的只能是牛或者驴马，我们乡下只有牛，在农闲时节，家家户户的婆婆妈妈们便围上围裙枷牛上磨，在磨道里磨面。晒干的小麦倒在磨扇上，尖尖的一堆，然后从磨孔间徐徐流到两扇磨石之间的细槽，牛蹄走上几转，只听得一阵细碎的破裂声从石缝间传出，一粒粒麦子就变成灰白的微尘顺着磨沿一路撒下来，在磨盘里围成一圈连绵起伏的雪山。大磨一天可以磨上百斤面，可以解决一家人几个月的面食。大磨磨面时通常从早到晚，中午还得送饭，要一鼓作气把上百斤面磨完，不然，一停歇，就会人疲牛饥，再也提不起劲了。石磨中还有一种比较小的磨，叫幺磨，磨扇只蒲扇大小，这种磨一般是放在灶屋里，可以一边磨豆浆一边烧锅，三五十转下来，一小碗泡涨的黄豆就变成了乳白的豆浆，倒进锅里熬个几十分钟，然后在锅里点几滴胆水，转眼锅里就浮起白嫩的豆腐。大磨主要是磨面，几十上百斤的大件，才用上大磨，所以大磨平时用得少，一般都摆在露天坝头，成为儿童们玩耍的地方。幺磨时常用到，一年四季磨豆腐，初夏时磨嫩玉米制玉米饼，过年时磨米做米豆腐、做汤圆。在小小幺磨的转动下，不少味美可口的农家食品就手工制成。

我家灶屋就有一扇小幺磨，我们小时候，每天放学回来，都要一边烧锅煮饭一边使劲推动那扇沉重的磨扇，许多时候都是磨干玉米粒。小孩子想偷工减料，大把大把的玉米粒往磨孔里塞，只听得磨盘间啪啪直响，磨盘转眼就轻松了，可是落在磨槽里的全是囫囵的玉米瓣，母亲检验不合格，还得撮上来重新磨一遍，这下就重多了。每天，我们几姊妹都要在石磨边转得晕头转向才能去上学。我们村里有几个姑姑辈的大姐时常过来等我姐上学，她们也帮忙推，减轻了我们不少劳动负担。我家那个小幺磨自从村里安电后，就很少用了，但仍摆在那里。我爹一直没有把那个小石磨撵出去，是因为他听说，石磨的磨芯就是一个太极图，能镇宅辟邪。我快十年没有回老家了，只有那个小石磨还在那里镇宅护院。

碾与磨一样，也是乡下常用的石器。碾与磨不同的地方，其实从这两个字的遣词就可以看出：碾压折磨，碾与磨的区别在于，一个是在于压一个是在于磨。磨灭，能磨成尘埃，直至灰飞烟灭。而压，只能压碎。与磨盘一样，碾子也有一个大的碾盘，碾盘直径一般都在两米上下，上面放着一个石质的碾磏，直径也有一米。碾磏上凿着一排排横纹，这样，碾盘上的谷子就能一轻一重被碾上，把谷壳压掉，而不至于把谷子里的米压得太碎。碾子一般都很庞大，只有牛才能拉动。碾磏上还装有一个木架，把巨大的碾磏固定在碾盘上，一端伸出一根长长的木棒，系上绳子套在牛的肩头。枷在碾盘间的牛还要把双眼蒙上，可能是怕它不停地转，也会发晕，同时还可以防止它三心二意，东张西望，好一心一意地拉碾前行。牛的脾气其实不犟，把枷一安上，双眼一蒙，只吆喝一声，它就会慢吞吞地走上半晌，在吱吱咿咿的声响中，几大背谷子就碾好了。碾好的谷子只需在风斗上一过，立刻吹糠见米。

碾与磨的转动，与一面时钟的运转无异，都在简单的循环中让时日一点一点向前，更像那些在宇宙中旋转的星球，围着一个磨心，把一个世纪一个世纪的人世间磨压成细碎的生活，一粒一粒落下。碾与磨，这些尘世的星体，它们在自己小小的宇宙转动，平衡着自己的世界，与那些浩渺的星空一样有序而悠远。

井是村村必有的公益设施，缸则是家家必备的私人财产。井是水的仓库，缸是水的中转，家家户户把井水挑回家，陈放在石缸里，煮饭淘菜洗脸泡豆必不可少。我记忆犹新的是老家水井边的那个大石缸，是全村人淘菜用的，由五块大碑板砌成，碑板向内的一侧都工工整整地刻写着碑文，只是碑板是横着安放的，只有偏着头才能认出那一行一行的文字。乡下尽是些文盲，字正字斜都不重要，更何况这些碑文也是局部，认真看也看不出个所以然，大家反倒觉得那些凹凸不平的碑板尽沾些泥垢，不好清洗。只有那些勤劳的农家婆媳，时常夸那个石缸好，又深又大，淘菜淘红苕都方便。想必缸壁那些工工整整的文字也随着在石缸里面洗濯的食物一道化为上好的营养，让村里的后代们个个强壮健康并且皆识文墨。

碓窝一般都倒扣在屋角，平日里当凳子，只有需要舂蒜泥或者米粉辣椒的时候才翻身摆正。碓窝一般不大，最多舂半碗东西。如果把这些东西也拿到幺磨上磨细，这点东西还不够填塞磨缝，所以这些量少的物什，都用碓窝来舂。舂米或者蒜泥时还有一根粗粗的碓窝棒，两端又粗又圆，中间细，中间细颈部，正好双手握紧着使劲往夹在两腿间的碓窝用力。舂好的蒜泥和粉末，只能用一根小调羹慢慢地舀出来。用木石撞击下的粉末做好的食物，全是天然的本味。在早年的乡下，时常会看到一位皮皱牙缺的老太婆在慢慢地舂米，从那些缓慢细微的声响中，我们就能看到一个媳妇是如何熬成婆婆的。

石碑在乡间非常常见，并让人敬畏。老家乡下有不少高大的石碑，上面雕琢着不少浮雕，还刻有不少文字。这些记载着村里某位长者生平的石头也因而成为后辈们顶礼膜拜的对象，这些普通的石料成为人皆敬仰的重器，也全在于它承载着人们的寄托，因而它的身价倍增。当然，如果这些石碑不是因为安放在阴森的坟林，可能也会成为儿童们的游乐场。正因为它们静穆地立在坟场，才免遭少年们的荼毒，这也或者会成为石碑的遗憾，虽然地位有所上升，但离尘世的烟火却更远了。不能不说，石器接近高贵的过程，也就是它们远离尘世走向孤独的过程。

这些旧时的石器，都是石族的一员，如此散落民间，与那些硬而成钻的石头远隔天涯，仿佛一个身居京城，一个远在陋巷。全因为有些硬，有些微软，它们的命运从此迥然不同。这些看不见的微软，就是石器注定的命运。

那些旧的石器与玉、钻早已成为陌路，而且，还面临新一轮的颓败。村里村外的有力男女自愿或者被迫离家进城，每天接触的是比石还硬的金属和现实。在铁器的时代，石器的命运清楚明了。显然，这些与石器一样命运的乡下人，他们的命运也同样清楚明了。进城的男男女女在铁的折磨和碾压下苟且偷生，乡下的旧石器自然只有被冷落一旁。或许是因为那些玉、钻之外的石真是软的缘故，没有多少地方需要那些原生的石材了，用火烧制的瓷和水泥浇注的砖在城乡横行，石族的前景一片黯然。村里村外的主人全外出打工了，那些大大小小的磨、碾、碓早已没了差事，它们杂乱地堆放在露天野外，与那些早年的碑碣一样，风吹日晒，任凭世态的炎凉对它们进行着持久的羞辱，特别是那些深刻的文字，自然成为攻击的首选。碑刻的文字在风雨中的磨灭，却让那些想要不朽的愿望——落空，并不得不成为讽喻的对象。年复一年，这些农家的旧石器上依稀的世俗生活早已随风远逝，在接下来的岁月中，与岁月共同蚀灭的只有石器本身……

这些旧石器上的文字和人间烟火一层一层剥蚀之后，被时光再次剥蚀的只有硬了。在岁月的冲刷下，石的硬终将变软，终将逝去。

旧石器，映射着人间万相，卜筮着我们黯淡的未来……

2011年2月18日

（刊于《山东文学》2011年第6期）

米

米，是米的姓，也是米的名字。

呼叫米，非常简洁利索，不挂名不带姓，双唇只一合一开，无需再费口舌。因而，米的存在仿佛形影相吊、势单力薄或孤寂无助。然而，米却是天下粮仓庞大的望族，在这个红尘俗世，所有的人和不少动物都是米的臣民或者奴隶，都是在米的掌股之下讨得一些饮食，苟且偷生。如果米什么时候不高兴了，不愿再供养这些芸芸众生，人和别的许多生命则必将迅速萎靡直至死亡。说得直白一些，这个世界，其实就是米的天下，米的表情，就是这个世界祸福的征兆。

正因为米雄霸天下，所以米也就独享了别的粮食所没有的更多厚待甚至荣华。米在少年叫秧，中年唤稻，老年称谷，功成名就之后才为米。米在普度众生的时候，干则为饭，稀则叫

60

粥，如果制成别的食品，还有更多更加精美的名字。五谷杂粮，再没有谁的一生会拥有如此之多的专有名词，只有米。就连作物归类，米都归于大春，而麦，只能屈居小春。赋予米如此繁琐细碎的命名，一眼就可以看出米非同寻常的身价和地位。米的一生，不光有不同的特定称谓，而且还必须享有多种特殊的待遇，年幼时要水丰土肥，中老年要阳光充足，到了寿终正寝之时还得通风干燥，祛虫消霉。还有谁的一生能被服侍得如此周到细致？还有谁的生命历程会让上天安排得如此安闲舒适？或许，王者之尊就是通过这些细节才得以体现的。

米，一生还要更换不少居所，自然也会演绎许多传奇。到了米生儿育女的时候，谷便进入温室催芽或者喝饱水分直接到春寒料峭的冬水田里开始安营扎寨，这时，家家户户的男女老少都少不得挽起裤腿光着脚板下田，把赤裸的腿脚扎进冰冷的泥水，咬着牙躬着腰把嫩黄的秧苗一行一行小心安放在水田里划分出来的一条条的泥箱上，腰不能弯得太久，还得不时站直身子出几口长气再俯下身子虔诚地摆布秧苗，这不时的鞠躬，如同在一个庄严的仪式上不停地膜拜，这个生命的典礼，叫"安秧"或"按秧"。仪式也有删繁就简的，只需一个壮年男子下田，端起一钵谷芽匀称地撒在泥箱上，一只手把装满谷芽的钵撑在腰间，另一只撒谷芽的手前后挥动，起起落落，像是一支单人的舞蹈。米生命孕育的初始，对于米的臣民，无疑是一次盛大而庄严的庆典。所以，在农谚"九九歌"唱到"七九河开八九雁来，九九寒尽春暖花开"的时候，天南海北山山岭岭的男女便不约而同地走出冬天，以如此的方式庆贺米的再生，祈祷农事的兴旺。

秧安进了田，需再等三天，让它们在田里定根安身了，才在夜里浅浅地灌上一层水，到了天亮又放出水直到露出秧脚，让秧芽夜晚在齐腰的水中暖暖和和过夜，然后在白天尽情享受春光，而不至于冻坏身子。这些活儿，全要些技术熟练的老农出手，不然是把握不好火候，侍弄不好这些秧芽的。谷芽或者小秧苗下田半个月，田里就会升起一层淡淡的绿雾，随着花落春浓，那层绿雾就愈加浓厚，直至五月，田里就聚满了一尺多高的秧。五月，是割麦插禾的季节，农家的男男女女又开始拾掇水田了。早年村里人烟稠密的时候，家里的男人都要扛犁带耙，把冬水田或者旱板田收拾妥帖，等待栽秧。晚些时候，村里人烟稀少了，没有人手养牛，男人们也都外出打工，主妇们就只得带上家里的所有成员，用锄头挖田翻土。等水田平整了，秧水也灌上了，才到秧母田里把密密匝匝的秧连根拔起，扎成把背到四下的水田里，然后分成单株横竖成行地移栽下去，这些移栽的秧苗都得隔空行朝东西方向摆布，好让阳光更多地照耀。为了高产，还得在秧田两边牵根绳子，三五个男女顺着绳子一起栽秧，这样一行一行地栽下去，半天工夫，满田就写上了直直的诗行。这些诗行，当然只有城里那些坐在玻璃窗前的诗人才读得懂，插秧的男女写了诗他们却不懂，他们只喜欢在插秧时传播些荤腥的笑话。

　　农忙一过，山上山下的水田全绿了，开始还可以看得见水色，随着夏季的加深，村里村外的田野里就成了深绿的色块。不时有撒肥的农民和野放的鸭子进进出出，在那些绿的色块上点缀些图画，特别是那些觅食的鸭子进田后，偶尔露出个白白的头，好像绿绸上点缀了灰白的花。这个季节，是城里的摄影师们最热衷到乡下捕捉艺术的时节，随处一照，都是上乘的创作。九月，稻子成熟了，村里的男男女女又挽起裤腿下田，割下沉甸甸的稻子，在拌桶里用人工或打谷机打下青黄的谷子，再爬坡上坎地把一背背渗水的谷子背回家里，晾晒在石板或者篾垫里，让谷子干燥清爽。为了省事，不少农家在夏夜里也不把谷子收回，家里的男人就拖床席子在晒坝里闻着谷香入睡。直到干燥的谷子在盛夏的阳光下发出沙沙的声响，这才到了它进仓入柜的时候。进了仓的谷子从此高枕无忧，米已经功成名就，米的一个轮回就算圆满成功。不过，这些，都是农村早年的盛况，如今村庄日渐空落，四季已经不再分明，农事早已淡出乡村。在米的王朝，它的领地已分崩离析，进入颓势。我时常在城市的边缘回望乡村，却只看见一个盛世远去的衰微背影。

米的一生，不过半年，其间经历的人情世故，纷繁芜杂。但也无非是男欢女爱，生老病死，抑或山崩地裂，人祸天灾，再则就是鸡鸣狗吠，花落叶生，世间的点点滴滴，全在米的面前经过，无一遗漏无法躲藏。米，阅人万千，历经沧桑，却无言不语，已经练达圆融到极致。

米虽然身在望族，举足轻重，却一粒一粒低调得无足轻重甚至不足挂齿，农民们不得不一粒一粒地侍候，从这个角度看，米其实也是太娇贵或者太苛刻了，那么大的家族那么大的能量，居然要如此一粒粒地让人服侍。米或许是想告诉世人，荣耀和地位的得来，从来都是这样一点一点的积聚，一粒一粒的坚持，没有谁能一蹴而就，没有谁能一手遮天。也正是有无数粒没有名字的米联盟在一起，才成为天地间不可或缺的米族。这或许就是牺牲的力量，这或许就是信仰的锋芒。米，就是米的信仰，每一粒米唯一的信念就是成为米，而没有别的杂念。米，是一个呈几何级数壮大的家族，它的单纯无与伦比，它的力量却大得让人敬畏。

小小的米，陈放在城市和乡村的器具里，或黑白或香糯或长短，如同那些姓米的男女，在尘世间慢慢走过自己的前世今生。米姓米，米的臣仆也一个一个沿袭了米的姓，然后再取上自己的名字，一代一代将米的姓氏传承。米姓的男女也和米一样，默默低调地独自生长，虽然没能像米一样成为这个世界的望族，但还是遍布各地，抑或成为当地的名门。

米姓的男女与众多他姓的男女一样，在这个世间生老病死，传宗接代，如同一棵棵庄稼。一粒一粒的米，舍弃了各自的名字，以姓为名，维护着家族的荣誉，好比那些形形色色的粮食，分别冠着麦豆菽黍的姓氏，省略了自身的名字，成为粮食的无名英雄。那些米姓的和非米姓的男女，虽然各自取着千奇百怪的名字，但是，只有极个别的名字会被历史记挂，更多的则只会留下那个最初的姓氏。在这个人世间，人们能知道的，无非是为数不多的历史人物和身边的亲戚朋友，其余的则是那些许多连读音都读不正确的百家姓。这些普普通通的姓名其实也是一个个无名英雄，如同那些小小的米粒，成为人类的支撑，而每一个具体的人和他们的姓名都不再重要。与米一样，人世的姓才是最后的存留，名字已经可有可无。在人间，一个人就是一粒米，经历自己的轮回，然后无声离去。如同米一样，脱掉了谷的壳，就永无重生，人只要来到世间，肉身也如同赤裸的米，注定在这一个轮回中消逝。重生的，已经是另一个陌生的灵与肉。

一个季节，就是米的一个轮回。不管米轮回了多少辈，它都不改名也不换姓，始终叫米。米只是米的再生或者重生，米是单纯的，单纯得忽略自身，单纯得只为自己的姓氏守节。那些米姓或者他姓的人，一辈子就是一个轮回，与米相比，只是轮回的脚步放慢了，但是与米一样，不管轮回了多少辈，不变的只有那个共同的姓氏。那些各种各样的名字，都在轮回中腐烂，只有姓氏仍然在生长，与米一样，留下的只是姓，只不过米的姓也是它的名，所以米是完整的轮回，而人却只能留下姓氏，人的名字更多的终将被忽视或者省略。或者可以这样说，与米一样，人类世代轮回的，也只是那个姓氏。米遗传留下了米，没有人会去分析这一粒米与另一粒米有什么本质区别，如同人，在历史长河中，没有人去细究这个米姓的人与另一个米姓的人有哪些更多的区别，无非就是都是姓米，名字相貌身份贵贱等都无关紧要。米，对于人来说，它们只是粮食。对这个世界来说，人只是人，具体的某一个姓和名，在这个纷繁的尘世，意义只是暂时的。人世的每一个生命，不管是谁，不管是哪个家族，都只是历史长河中的一滴水。在庸碌的生活中，又有谁会去细究两滴水之间有什么异同呢？

米，在属于自己的田野里岁岁荣枯，它没有想到自己非要长得南瓜那样大，也没有想到让自己变得钻石那样硬，但也没有灰心丧气地只愿成为芝麻那样小，米只是一辈一辈地默默长成米的样子，没有过多的埋怨也没有过多的壮志，即使有几粒不小心长成了空空的秕谷，也没有米对此有更多的嘲讽。米，只在米的族规里生长。

那些米姓的或者非米姓的人，早也没有像米那样坚守祖辈的信条，都把自己的触须伸进了任何一个能伸展的地方，让自己远远脱离了祖辈生活的轨道，把自己的脚印留在了任何一个能到达的地方。在米看来，人已经无所不在，无所不能。自当初传承米的姓氏以来，还有多少米氏的人们还在像米那样坚守自己的信条，在自己的属地里行走？这些人啊，都早已超过了疆界，在另外的世界奔跑。然而，那条让人奔跑的道路，是南辕还是北辙？这些米的传承者，是不是违背了米的初衷，在另外的方向上狂奔？对此，我只有如此徒劳地一再引用显克微支的话：主啊，你往何处去？

米，在世人眼中，已成为微小的代名词。米的寄生者，在米面前全然无视米的存在，把自己的主人当成了漠然置之的微尘，甚至颠倒了与米的关系。然而，在历史甚至时空面前，这些米的寄生者，也如同米粒，微不足道，千篇一律。平凡、庸碌就是人生，只有无数人平凡地聚在一起，才能像米一样，支撑整个世界，延续所有的未来。米，一季一季地生长，就是它的使命，而各种姓氏的人，一辈一辈地繁衍，也就是他们的使命，二者都没有两样。米和米姓的人，以及非米姓的人，都是一粒一粒的米。

纵然米的一生是那样的精细，经历是那样传奇，它们也只是米，它们也只愿意是米。当然，人也是一样，这一生无论多么豪奢或者精彩或者平淡，也终归是人，也终归是尘世中的一粒米。

滚滚红尘，茫茫人海，不知道还有谁会注视小到米这样的生命，不知道还有谁曾想到过米一样的人和人生。我只有如此躬下身来，一粒一粒拾捡那些被遗忘或者被忽视的米，想想米和我们自己……

2011年3月15日

（刊于《四川文学》2012年第1期）

泥沙时代

把泥沙细分成泥和沙的时候，我就发现，乡村属泥，城市属沙，乡村是泥的作品，城市是沙的作品。

关于泥或者沙的叙述，甚至还有不少致命的细节。在我居住的这个小县城外面，那条非常有名的嘉陵江绕城而过，江边有一大片泥沙混杂长满芦苇的河滩。冬去春来，那片河滩一直都是小城的一弯窄窄的柳叶眉，春夏时节油绿可人，秋冬又画成白色或者灰色，仿佛伊人在水一方。而今，这片河滩却成为勾魂摄魄的美面恶煞，根源就在于那些泥沙。河滩上的泥沙之前一直没有多大用处，含沙重，敷不上墙，农村人修房立屋，都不会到河滩上取土。农村糊墙都是找些黄泥，把麦壳、碎谷草或者把头发麻绳剁成的绒毛混入黄泥，然后再掺水反复踩踏，让那些软泥与那些杂物融为一体，这样的泥巴黏性强、重量轻。

只不过，这些泥巴要尽快敷上墙，早日干燥，才不至于草段沤烂失去韧性。而那些沙土，却与碎草格格不入，自然不会同心协力。所以，含沙重的泥土仿佛是心地不纯的女子，无人去搭理。但是，水泥的出现，让沙遇见了贵人，从此沙便摇身一变，成为贵族。沙石能与水泥一起，将许多风马牛不相及的东西生拉硬扯连在一起，而且还能结成坚硬无比如同一体的同盟，这样的角色，自然深受恩宠。于是，沙慢慢引起关注，身价日增。早年那些荒芜的河滩便成为采沙的闹市，"柳工"、"成工"、"卡特"等重型机械大摇大摆地开进河滩，在河滩上挖开一个一个的深坑，然后把挖出的泥沙倒入孔隙不一的铁筛子分别筛选，去泥取沙，按不同标号堆放沙和卵石，再一车一车地拉到远近的建筑工地。这些铁器掏空这片河滩后又轰隆轰隆地驶向另一片河滩，只留下不少深深浅浅的大坑和一地狼藉，如同整容失败的疤痕。只需过一个夏天，洪水漫过河滩，这一切又完好如初，于是，这些暗藏在水下的深坑便成为一个个莫测的陷阱，专等那些嬉笑打闹的孩子过来。于是，每年夏天，总有四五个孩子会被这些深坑捕获。这些取沙过后的大坑，就像河滩的毛孔，流着血和肮脏的东西，或者也可以这样说，自从沙离开泥，就开始与血腥有关。

在泥的盛世，砖瓦自然成为泥的形象大使。那些泥筑的围屋、那些青瓦的民居，无一不是泥的杰作。在农村，每个村里都有三五个砖瓦匠，如果要新修房屋了，便会请砖瓦匠来烧砖烧瓦。主人家选中自家的一块自留地，赶进一两头牛，边向地里泼水边不停地赶着牛在里面反复打转，半天时辰，平坦的土地就踩得柔顺如膏。然后将这些泥垒成一堆，用薄膜盖严实，这样捂上三五天，便可以开始制作砖瓦坯了。捂好的叫熟泥，没有捂过的叫生泥，熟泥柔软匀细。制砖有一个木匣，五个面都是活动的，能拆能装。砖匠在齐腰高的石台上铺好木底板，上面撒些草木灰，把扣好的砖匣放上，再将木弓切下的软泥拍打成小方墩，然后高高举起泥墩使劲砸进砖匣，或者再用木拍在木匣上把泥拍打几下，让泥团严实地填满砖匣。最后用木弓上的钢丝顺着砖匣的上下两面和木匣中间的细缝刮三下，松开木匣，两块方方正正的土砖就成型了。把这些活砖搬到一边晾个十天半月，就可以进窑了。

制瓦又有另外一套行头，泥捂好后，瓦匠就在泥堆上用弓切出一方平台，横切面与瓦桶的外周面一样大小。瓦桶是一个带把的能开合的用木片串成的圆筒，上端细下端粗，外面蒙着一层布。瓦桶放在一个能旋转的木盘上，等瓦匠用木弓在泥堆的平台薄薄地切下一层泥片，双手捧过来轻轻敷在瓦桶外壁上，然后一手转动瓦桶上的木把，一手拿起用一片弯曲的铁皮制成的镗子，使劲地把泥片在瓦桶外壁拍实，然后用镗子蘸些水在泥片上下边抹边转动转盘，几圈下来，瓦桶外壁的泥片就光滑如绸了。瓦匠再用一根上下两端钉了小钉的木条顺着瓦桶轻刮一圈，瓦桶壁泥片的外缘也就干净规矩了。瓦匠轻快地把瓦桶提到撒了草木灰的平地上，一松瓦桶上的木把，收拢瓦桶取出，再在泥筒内壁揭下那层布制的瓦衣，就让这个泥瓦筒在露天里晾干了。木瓦桶外还有四条楞，让泥瓦筒内壁有了四条小槽。等泥瓦筒晾干后，提起瓦筒双手一拍，这些圆圆的瓦筒就顺着四条细槽碎成四片完整的瓦片了。

土砖与土瓦还不能派上用场，要烧过才能用。每个村里都有一座大窑。在村口的斜坡上挖出一个大圆坑，然后在下面凿出个小洞，是窑门。农村烧窑有专门的匠人，叫窑匠。窑匠开工要看时辰，只有那天是个吉日，才能起火。窑匠带根一丈多长的铁火钩慢慢腾腾地过来，然后戴上草帽，踩着长梯子下到窑里，在众人帮助下，用土砖在窑里砌上炉桥，再一层一层地摆上砖瓦，把大大的窑装得满满的。砖瓦装进窑后，就在窑面上薄薄地盖上一层细土。下午时分，窑匠就开始指挥架柴点火了。从柴垛上拆下来的柴捆全准备在窑门两边，两三个壮汉不停地往窑洞里添柴，窑匠则端杯水蹲在窑门不远盯着窑洞里的火势，掌握火势的大小。烧上一天一夜，窑面上已经看得到砖瓦通红透亮了，老远就感受得到一股热浪扑来。窑匠看准时机，就开始闭窑。

闭窑的时机和方法都是诀窍，不是人人都能懂，只有拜师才能学会。闭窑的时候，先在窑面上盖一层细土，在窑面四周垒一圈土轮，然后在窑面上洒水，边洒水边用镗子敷泥面，这层抹得光光的细土很快就在窑火炽热的烘烤下结成一层硬壳，窑匠在窑面上搭块破席子或者草把，把水一桶一桶顺着席子或草把倒进窑面，窑面很快就积成一池水，这叫窑田。在闭窑面的同时，窑匠看准时机，也开始闭窑门。用土砖把窑门封起，再糊上稀泥，这样，整个窑就成了一个封闭严实的火炉，炽热的砖瓦就在里面接受炼狱。闭窑后两三天，窑匠还要随时观察窑面，不停地加水。如果加水不及时或者窑田漏水，就会损坏一窑砖瓦。闭窑半月后，等窑面慢慢冷却，就可以启窑，掀开窑面那层泥壳，就露出青青的砖瓦，拿起一片，敲起来当当脆响。如果火候掌握不好，烧出的砖瓦就会粘在一起，甚至变形融化。我们老家的窑一直是烧砖瓦，好像从来没有烧过陶罐，也许是泥土的原因，烧不出上好的陶。

除了烧砖瓦，泥土还能直接筑墙。农村修房屋，都要打土墙，随便从地里挖回潮湿的土，倒进墙板，然后两个壮汉举着杵子使劲筑土，一面面厚实的土墙就筑成了。土墙一般都筑两米来高，上面就用荆条在柱子间编篱壁，这样防震而且安全。穷点的人家只得把土墙筑上房顶，虽然成本低，但是整面墙倒下来，却是非常危险的。对乡下老家的泥瓦活儿记忆犹新的根本原因，其实就是匠人到来后，家家都会拿出最好的食物招待，孩子们自然也可以天天打牙祭。泥与沙没有分家的时候，一切都是如此浸透泥土气息，如此充满尘世温情。

那种土墙立木结构的房屋，造价低，在川北乡下非常流行，直到八十年代，我们村很少有砖瓦房。砖瓦房就是用砖或者石头砌墙，或者再用水泥板做楼板的房屋，这在八十年代是非常洋气的建筑。从这时起，泥与沙就开始一分为二了。用火砖筑墙，必须要水泥勾缝。用石头砌墙，更离不开水泥。村民们请石匠在山坡上把石头打成四方的石砣，一砣石头有四五十斤，从山坡上背回来后就开始砌墙。早年用土筑墙的时候，修房立屋几乎就是一种集体娱乐。然而用砖头或者石条砌墙的时候，不时会听到砖落石掉甚至墙倒人伤的事，本来一件修房立屋的喜事结果成为一件丧事。为了让砖石稳固，必须得用水泥和沙来填充浇注砖石间的缝隙。就这样，那些血腥的事又自然而然与沙牵扯不清了。

在砖石成为建筑材料后，沙就开始飞黄腾达，从泥中脱身而出，享受特殊的待遇。在水泥的作用下，沙千变万化，变成光滑坚硬的楼板，变成粗壮结实的柱子，变成大楼，变成桥梁，变成一切想变成的坚固物件，在能工巧匠的手下，沙还会成为各型的雕塑。在城市、在乡镇，沙无不光鲜出场，成为城市靓丽的形象代言。乡村是泥的作品，而城市自然就是沙的作品。城市为了远离泥，土地都在硬化的过程中被远远隔离，没有泥的城市，自然也就没有了泥土的芳香，沙的城市是没有味道没有温度的城市，只有坚硬和冰冷。

记得我刚进城上学那年，县城的一座大桥落成剪彩，从教室里远远望出去，就看到挂满旗帜的大桥如同一根彩绳拴着两座山。有几个同学偷偷跑过去列席了那次盛典，也带回了许多新鲜的故事，其中一个让我记忆犹新。说是最后一个桥墩在浇筑的时候，模板里面还有一个民工在下面操作，桥墩有几十米高，下面有人上面都不容易看见，于是，一大车混凝土就哗哗啦啦地倒了下去，当有人惊叫里面还有人没有上来时，一车混凝土已经把下面盖得严严实实的了。没有办法，工人们只得买来些纸炮，为这个被浇筑的民工送行。然后又说这是一种快速凝固的高级水泥，一见水或者一见空气就凝固，没有办法，就当作是祭神吧。当然，还有人传说，里面当时是个女工程师，第一车水泥浇下去只盖到她胸口，为了不影响工期，她请求把她浇在里面了。具体情况不明了，反正我只听说这些桥墩里面浇筑着人，全是因为与沙有关。再后来，我也陆续听到某项工程又死了多少人，是否一定要几条生命来祭奠这些山神水神，工程才会顺利进行呢？如果真是这样，这条不归路一定是沙把他们带上去的。更让人意想不到的是，在我从乡下教了近十年书，再次回到这个小城的时候，这座桥因为那件关于交通的特大案件，被查出也是一座不合格的隐患之桥，于是被封几年，然后才再次加固限车通行。在加固的同时，还在桥身外安装了各色的彩灯，每到夜晚，霓虹在黑幕中闪烁，如同我的老乡郭沫若在我们的课本上写的那样："远远的街灯明了，好像闪着无数的明星。天上的明星现了，好像点着无数的街灯……"有车灯在那彩虹般的桥上穿过，如同郭老看到的灯笼一样的流星，只不过，我想，提着灯笼在桥上闲游的肯定不是牛郎织女，而是那个被浇筑的农民工或者女工程师。当然，这只是我个人的秘密，必将会省略或者隐藏。

与泥打交道的，基本全是人手，一手一脚地与泥合作，这样出来的物品充满人情味道，浸透世间烟火。那些土的砖、土的墙、土的瓦、土的农活以及土的坟，把乡村万事万物全联络起来，把乡村风物全打上土的烙印。无疑，这些土里土气的乡村故事，是世间最值得怀念和珍惜的生存记忆。或许是因为失去的缘故，乡土的荒芜，让这些记忆弥足珍贵。人们在与泥和与沙合作的时候，的确是两种景象。坚硬的沙需要同样的坚硬的铁与它们合作，人只能作为配角，在钢铁的机械周围忙碌，机械都是非常机械的，不会随心所欲地想停就停，想动就动，所以，在有机械参与的农事中，再也不会有与泥合作时的悠闲自在，愉悦坦然。自然，与沙在一起，人更多的是感到无聊。再加之，钢铁时常削肉如泥，更让人对沙和与沙一起的机械产生畏惧和排斥，在如此环境中出来的产品，又有多少美好可言，又有多少情感含量。所以，泥是温暖的，沙则是炽热或者冰冷的。这也就注定了农村必然是温暖的，城市必然是冷漠的。

　　泥的时代已经落幕，沙的时代进入鼎盛，虽然泥里掺着无限的欢乐，沙里渗透着许多的血泪，但是，没有谁可以再让泥来取代沙的地位。我想，终有一天，沙也将退出舞台，那时，又将是谁来扮演沙之皇以后的主角呢？又会有多少悲欢离合再次上演？

2011 年 5 月 18 日

（刊于《作品》2012 年第 7 期）

隐秘的溃退

我得承认，这是一场不易觉察的战争；或者说，这是一次另类的败北。没有硝烟、血腥和眼泪，更多时候，看到的却是暴富后的窃喜或者虚荣满足后的招摇。然而，这真实而隐秘的溃退无人能够抵挡，无人能够回避。在城市和乡村之间，一拨又一拨从农村包围城市的青年农民已经轻易地攻陷一座座城池，在城里安营扎寨，生儿育女。然而，在他们身后，曾经的领地已成废池乔木，在他们身前，进入水泥丛林却如堕烟海。这样的战胜，仿佛溃退，胜利般的溃退，隐秘而又彻底。

这种迹象，只有一个时常注视乡村的人才能发现。虽然我只不过是个涉世不深的离乡人，可是这种身份和经历却更能让我体会到这场战争的隐秘和残酷。幸好，我出生在这场战争的转折关头，经历了乡村的坚守与溃败，在我从一个光腚的少年向一个胡子还未完全变硬的男人转变的过程中，这场战争的胜负已见分晓。当然，有许多的人还没有发现，要么是没有在意，要么是视而不见。

那么，这次溃退又是从哪里起始的呢？我想，没有人能够正确回答，要不，隐秘就无从谈起。这次溃退，只有从一个个离去的背影或者脚印中探寻事实的真相。

回乡的间隔越来越长，就越容易发现乡村的变化，如同一帧帧回放的画面。所以，远远地，回望乡关，就会发现山在一次次丰润，草木已经厚厚地把故乡包裹得严严实实，仿佛不容他人进入。山上的灌木已经封住了路口，野草、荆棘占领了山上早年那条羊肠小道，如果要寻找原路回乡，只会在早年的记忆之中迷失。山上早年的小树，如今已经长成高大的乔木。如此繁茂的乡村，却一再给人原始荒芜之感。不得不承认，被人遗忘的乡村更加秀丽，山青水碧。然而，乡村风光的秀丽与否与乡村的贫富并没有直接的联系。贫瘠荒芜之地并非草木不生，富足膏腴之地也并不是非得风景如画。只不过，秀美与贫困并存的乡村，实在让人难受。

在乡下，草木如同草民。在大山中东一块西一块的村落间，慢慢行走着老的或者年轻的人，除非是与自己有亲戚关系或者别的什么联系的人，那些陌生人，除了对他是一个人的认识之外，再也没有别的更多印象。不会知道他的爱情、婚姻、事业和经历，如同对于一棵树、一株草的认识。对它们只有类的认识和了解，没有别的更多个体的认识。

无论是哪个季节的草木或者哪个辈分的人，都在乡村中慢慢经历着伟大的流转。如果要说，这一个季节的草木与一年甚至多年前相同季节的有什么不同，或者说，一个家族这一代与上一代或者上几代有什么不同，对于草木，应该说没有谁能分辨出它们的枝叶有什么差异，经络有什么变化。然而，对于某一个人，或许可以通过文字或者口述让这种变化进行对比，就可以清楚地看到其中不同的轨迹。可是，人海茫茫，没有谁会将这个世上出现的每一个人的前前后后记录在案，并一一对比。在这个宏观的世界，只有无数个个体形成一个趋势前进的时候，才会被这个宏观的世界发现，也才能推测这个世界运动的趋势。如同大海上一个接一个打过来的巨浪，有谁会在意其中的每一滴海水的细节和经历呢？

因而，乡村的溃退，只有一个又一个乡村的战士都离开了，如潮水一样退去，才能发现这个溃退的痕迹。乡村的守卫者，只能是村民。村民一个接一个离开，一个一个放弃了乡村，当这种现象成为一种大潮流，并持续进行的时候，乡村才会有缓慢的变化。如同一场无影的战斗，没有厮杀和拼搏，只有等一切风平浪静的时候清理战场，才会发现战争的惨烈。乡村的守卫者成批地离开，放弃了农事、田园和乡村生活。对于乡村来说，他们没有坚守，没有坚守的城池只有陷落。这些乡村的守卫者都朝着一个方向在前进，他们从四面八方不约而同地冲向城市，没有呐喊，只有行动。如果要说，这是一场城市与乡村的战争，那些进入城市的无疑是胜利者，攻城略地，所向无敌。然而，对于身后的乡村，他们如此义无反顾地放弃，我们不得不一再说服自己，这样的转移，与逃跑无异。

身后的乡村，随处是人去楼空的村落，草长木盛的晒场，杂乱破败的田园。如果只一个村子或者三五个村子是这样，并且村里远走的村民在另一个村落安居乐业，这倒也罢。可是，山山岭岭间的村落无不如此，而且村里还剩着年迈的老人和羸弱的小孩，远去的村民只有遥远的音讯，他们大都在另一种境遇中挣扎。这，只能是无奈的溃退。那些远走的村民，成批成批地进入城市，却水一样地消失了，流走的如同潮水，然而进入城市后，却无声无息，他们完全被城市肢解，只有不时从工地、流水线、矿山上传来悲伤消息的时候，才知道他们原来到了那些工厂。所以，对于如此众多的乡村原本的守护者，他们进入城市的过程，只是一种自愿的缴械。他们并没有攻克城市，全被城市诱捕。在城市与乡村的对弈中，城市已经轻松取胜。

乡村的伤口，流淌的不是血，而是萋萋芳草。三年，五年，十年，村民越来越少，村落越来越小，庄稼地越来越荒，乡村，就这样慢慢地死亡。村庄的死亡是从院落开始的。那些院落长年没人打扫，泥墙长年没人维护，房顶瓦片长年没人翻盖，野草蹿进院落，蹿上院墙，风中的种子在瓦楞间生长，这些肆意生长的野草，可以说是院落失守的旗语。衰草枯阳，或许会引起目击者的联想，然而草木青青，除非是在曾经人欢马叫的院落，也是不容易引起溃退的联想。所以，青草到达的地方，必定就是人们已经失守的地方。

而在乡村喧嚣的那些虫鸣鸟叫，无疑就是乡村痛苦的呻吟。乡村的声音，应该是鸡鸣犬吠，人声鼎沸。人去楼空，关门上锁，自然，那些与村民们相伴相生的禽畜们必然走投无路，要么在主人的刀下早早杀身，要么在无人爱护中死于非命。没有主人的乡村，鸡犬之声自然不能听闻。在乡下，有一种叫声像"波哦"的夜鸟，只要在哪里听到这种夜鸟在叫，那里过不了多久就会死人。这种叫"波哦"的猫头鹰，都被乡下人认为是凶鸟。可是，在村民们一个接一个离开村子后，这种鸟也无影无踪了，不常听到这种鸟叫。继而取代的，则是杂乱的各种虫鸣。那些早年在村庄里让人讨厌的鸟叫也奇迹般地消失了。看来，与人们一直敌对战斗的那些鸟，也是人们最亲密的朋友。

82

这些鸟儿也消失了，剩下的乡村只有那些鼓噪的虫鸣，这些潮水般的吱吱声，才是村庄永恒的哀鸣。

乡村在村民离开后，来收拾这狼藉战场的，却是野草。应该说，这个世界，首先是野草的，然后才是人的。野草先降临到这个世界，它让自己的子子孙孙用绿色告诉人们，哪里土地肥沃，哪里水源充足。人们在草的指引下前进。人们四处寻找、驻扎、搬迁，建立起村庄和城市，然后一代又一代的人们又在寻找城市，偶尔寻找乡村，在这样的来来回回中，城市成为最终的目的地。即使是地狱，城市也是乡村的天堂。

三代，五代，十代，那些走岔了路口的人努力寻找城市，直到人们发现了城市的大门，都义无反顾地落荒而逃，把村庄远远丢弃。更多的像我的家乡一样的村落，终于渐次失守，最终把村落归还给野草。人们走后，野草又慢条斯理地用绿色的身子轻轻掩埋村庄曾经的伤痕，然后一年一层，把村落慢慢包裹。

与野草一样，那些树的种子，也随风落下，在一个个缝隙生根，然后慢慢生长，直到长成乔木。草与树，一高一低，严严密密地把村庄封藏。那些村落中的浸染悲欢离合的院子、石器、坟茔，在风雨之中，慢慢都会被清洗、磨灭，最终，这个世界还是原原本本地还给野草一个如初的世界。

然而那些寻找城市的村民呢？他们进入城市，没有成为城市的主人，只是城市的佣工。城市的主人只是那些先到的人。他们丢掉了农民的身份，却没有获得城市的户口，于是，他们彻底消失了。他们只成为城市繁殖的工具，然后一代又一代，直至成为城市新的主人。可是，对于早年的农村来说，他们却是永远的逃兵。

　　乡村与城市，如同高山与海洋。高山上的泥土永远梦想着流向大海，但是大海里的泥石从来没有想过要回到高山。当然，也只有偶尔搁浅在河滩，或许会被重新运回高山，但是，更多的却是一去不回。是不是，高山上的泥土永远没有流完的时候？当然，有人说，到了一定的时候，会有一次翻天覆地的造山运动，让沧海与桑田互换身份。可是，这样遥远的预言或者推论，谁又能够体验？

　　在这一个人世，我们更多的只是注定的逃兵。我的乡村，注定将被遗忘。

2011年9月27日

（刊于《山东文学》2013年第6期）

亮

　　那天，夜幕之下，首都鸟巢边沿点燃了一束前所未有的火苗，又一次揭开了一个神秘古老国度的北部夜空和它幽深漫长的历史。就在火苗燃起的那一刻，我们一家在那激越的音乐和绚烂的烟花之外，突然想到了乡下早年的照明工具——亮。

　　"亮"，是我们乡下的称呼，城里人都叫它"油灯"。我不会写诗，但还是尝试着用长短句记录了这个发现：

　　油灯·鸟巢

　　当圣火在鸟巢点燃的那一刻，我家九十岁的奶奶笑了。

　　从她没有牙的瘪嘴里，我听到一句

　　——那不就是我家那个老油灯吗？

　　我特地到废旧堆里翻找，发现那个桐油浸透的油灯光彩夺目。

　　椭圆的凹槽边安放的一截灯芯，照亮了我的祖祖辈辈。

　　我看看油灯，再看看鸟巢，

　　一个燃的是油，一个燃的是血！

　　奶奶使用的是方言，我在书写的时候，把"亮"改成了通俗易懂的"油灯"。几年之后，我偶然发现还沉没在网络海底的那几个句子，便在这个倒春寒的阴冷三月的上午，想起了亮以及鸟巢。

　　"鸟巢"成为一个专有名词的时间很短，或者说，给"鸟巢"增添一个新的含义其实非常偶然。如果当初命名者的灵感倾向于油灯，我想，或许我的那几个句子还可以给他作旁证。其实，我只是想说，那个硕大的鸟巢也可以叫作"油灯"，特别是它在点燃的那段日子。只是当初的命名者在命名时，那个油灯还没有点燃，里面也没有盛油，可能他便想起了城里难得一见或许小时候经常光顾的鸟窝。当鸟窝边插上根焰火织成的光芒四射的旗帜后，我觉得，它就是一只巨大的油灯，照耀着成千上万的人在那段日子度过狂欢的夜晚。它不烧油，不能叫"煤油灯""柴油灯""桐油灯"，它烧的应该是天然气，叫它"灯"，可能会与烧电的电灯混淆，所以，我觉得叫它"亮"或者"大亮"更准确些。

当然，叫"亮"其实也是行不通的，因为"亮"是我们老家的方言，如果把鸟巢命名为"亮"，可能会让更多人糊涂。但是，在我心里，那就是一个庞大的亮。

几年后，我在一个落雪的春节来到那个巨大的亮下，发现那截灯管已经取了，放在亮下面的斜坡上，鲜红的祥云在毛茸茸的白雪映衬下，仍旧光芒逼人。只是这个灯管再也不能招展它那用焰火做的旗帜了，它无声无息地站在一边，给游人拍照做背景。而那个巨大的亮，在被抽掉灯管之后，油尽灯灭，仿佛繁华落尽。有人曾经说过那是个下金蛋的鸟窝，金蛋捡走后，鸟窝仍然是鸟窝，没有变成金窝。所以，我在那天过去之后，只看到那个鸟窝在北风的凛冽中孤芳自赏或者重温旧梦。

当年把油灯叫"亮"的时候，还没有网络，虽然有叫《辞海》《辞源》的一些厚书，但在乡下也是永远都看不到的，所以对亮的命名也无从考证。后来，在把"亮"改口叫"油灯"的时候，我还想过，方言为什么把那个倒上油然后放根灯芯用来照明的小容器叫"亮"呢？我一直都没有找到答案。直到三十多年后的今天，我点击了一下百度，不到一秒钟，关于亮的解释便一一显示，其中一条是"亮（名词词性）：亮儿；灯火 [light]。如：拿个'亮'来；把亮点起"。看来，亮这个称呼没有歧义，是多年前就流传下来并有名在册的一个称呼。

　　说起亮，不少人已经非常陌生了。我有这段记忆或者经历，只能算作是历史的身影投射在我的脑海中而已，与幸或者不幸没有关联。

　　我对亮的印象是从灯盏开始的。当家道败落到我出生的时候，那个在高高铜台伸出小手样盛着桐油放根灯草的铜勺已经成为遗物，它仿佛在暗示我，祖上曾经是富足人家。但是桐油后来慢慢淘汰，换作了煤油。煤油不能让那支小铜手捧着，因为煤油非常金贵，挥发或者打倒就会损失更多，于是，聪明的父辈们便自己手工制作起亮来。制作亮其实非常简单，乡下附近的村子都有学堂，那些胸前别两三支钢笔的民办教师每年都要用几瓶红岩墨水，当墨水用完后，那个小墨水瓶就是最好的做亮的材料。乡下把老师不叫老师，称为先生，可能凭着曾经给先生提过几绺腊肉等原因的勇气，主动而畏缩着向先生提出要个墨水瓶。现在看来，这种说法可能不妥，但是在早年穷困的深山，对先生的敬畏的确是有增无减。当墨水瓶拿回来后，就用小刀在瓶盖上钻个小孔。如果瓶盖是塑料的，就在红堂堂的锅洞里把粗粗的铁丝烧红，从瓶盖上穿过，小孔就烙成了。如果瓶盖是别的什么坚固的材质，那还得用小刀一点点地钻。瓶孔钻好后，找个挤空的牙膏皮剪开敲平，包根筷子在地上滚十多个来回，抽出筷子，就是一截小管，再在被子里面扯一小团棉花，搓成粗粗的线，穿进铝管当灯芯。最后，把铝管从瓶盖插入倒了煤油的墨水瓶，煤油就会慢慢顺着棉线从瓶底爬上来，只等有根洋火划燃，那些煤油便源源不断地跑到灯管的悬崖处来做自己最后闪光的演出或者诀别。

煤油亮的油烟子小，不会熏坏东西，柴油亮的烟子大，亮一点燃，就会看到一股浓烟盘旋飞升，如果在阴雨天，那股浓烟飞过头顶就会变成一粒粒或者一丝丝的煤灰落下来。那些小小的煤灰落到书上或者脸上，一抹就是一个个醒目的逗号或者分号。一亮油一般能燃个十天半月，于是，乡村的夜晚就在这如豆的光亮中变得温暖和丰富起来。

乡下的夜晚，在亮下可以看书、打牌、做农活，与白天没有两样。早年在乡下，由于亮的存在，让农村的白天夜晚没有太大界限。不像现在，如果电一停，生活也就停止了。我常想，电给我们的生活增添了许多方便和色彩，但是，在无形中，我们也就成了电的奴隶。如同爱情或者依靠，爱得太深靠得太紧，爱和依靠就成了绳索和羁绊。

在亮下看书，有非常久远的传统。当年写"何当共剪西窗烛"的人，应该是当时的富裕人家，就连今天的平民百姓，也没有谁舍得长期照蜡烛。在乡下，用油灯最经济。"红袖添香夜读书"，这也是一个相当优美和暧昧的场景，我想，那只红袖除了添香之外，更多的时候还在剪灯花，至于是烛花还是灯花，我觉得也应该是灯花居多。"灯花"可能又会是一个生僻的词了。煤油柴油桐油甚至菜油的灯芯燃上一个或者几个时辰，最顶端的棉线烧焦后会变成一颗颗红亮的圆珠，像一朵红红的小花，那些才子佳人把它叫灯花。然而，乡下的长辈们没有那么多诗情画意，常把这些影响灯火燃烧的圆粒用针尖挑下来，那些绯红的圆粒离开火焰就变成了黑糊糊的灯屎。想起灯花，我也不由哑然苦笑，即使是一粒小小的灯火，被烧焦的灰烬在光环之中艳丽至极，一旦离开光芒的中心，居然也被视为避让不及的狗屎。真是，炎凉之间，差距竟然如此悬殊！

　　亮在一个农家也没有多的，能达到每间屋一个都算是奢侈了。一到晚上，全家人都聚在灶屋里点亮做饭，然后全家围在一起吃饭摆条。饭后，女人就洗锅洗碗，男人则在另一个角落整理农具，只有小孩子才能在离亮最近的地方看书识字。在灶房收拾好后，全家再一个一个地洗脸洗脚。然后，大人们都到正房里摸天黑地去睡觉了，小孩子便独自拿着亮到自己的屋子继续看书。豌豆粒大的一点灯火，风一吹就灭了。把亮从这间屋拿到那间屋，还得一手拿亮，一手半围着那簇火苗背风慢行。乡村的节奏，就这样一点一点地控制了下来。所以，从乡间油灯下熏出来的人，极少会性格火暴急功近利，总是那么恬淡镇定。在枯燥的乡村，灯下看书是十分难得的享受，不然，在鬼魅横行的乡村夜晚，躺在床上而又毫无睡意应该说是一种难以忍受的酷刑。在我还是小孩子的时候，不少人家都藏有图书，也叫连环画、小人书，古今中外的都有。现在回想起来，就是那些图书，把我的童年充填得满满实实，村里几乎每家的图书我都看遍了，直到今天还能清楚记得某些书中的细节。在亮的橙黄灯光下，图文并茂的遥远故事把山村的夜晚装点得如此温馨如此诗意，以至成为人生的珍宝，这样的画面，让我一生温暖。

当然，在亮下，还有打牌算命的。打牌的在乡下都没有好名声，算命却是一种神秘的仪式。我们老家流传一种叫"算碟儿命"的算命方法。听人说是在夜深人静之后，点亮上香，四人围在桌子边，桌上放张画有人头五官的纸，再倒扣着一个小碟子，其中一人作揖念咒："碟王大仙，神通广大，千里来到……"咒语念完，每人手上拿根筷子放在碟子上，开始一起默念咒语并轻轻撑动碟子。几转过后，那碟子竟然自己在纸上移动了。如果要算某人能在世上活多久，那碟子就会自动停在某个数字边；如果要算某人长大的职业，那碟子就会自动停在"工农商学兵"某个字跟前；要算某事成或者不成，那个有如神助的碟子就会停在某个字边上。总是在某个清晨，我起床解便的时候，会发现茅房边的字篓里有一张撕碎的画有人头像的纸。然后在之后的某天，父亲就会说，算得真准，某某的命真是算上了。断断续续的，我也得知，"碟儿命"是不能轻易算的，算一次会缩短人的寿年。而且，如果把神请来了，命算完后，神送不走，会出大事。所以，我们几个小伙伴就打消了也尝试来看看碟子是不是会自动跑路的念头。

还有一种，乡村夜晚不时会举行的仪式叫"下阴曹"。掌握了"下阴曹"本领的不是一般的人，农村叫"阴神子"，他们的活动也叫"阴神化水"。不过我也没有亲眼见过，也只是事后听得只言片语。哪家近期诸事不顺，感觉可能是被鬼捉住了，就会把"阴神子"请来做法事。"阴神子"烧纸上香后，几个呵欠一打，就硬邦邦地倒在床上，口里便出现了主人家已经去世的某位尊长的声音，借"阴神子"之口，把阴曹地府里的事通报给阳世的人，数落某人的不对。灯火幽暗，阴阳交错，这些毛骨悚然的仪式，小孩子肯定是要回避的，不然会吓得魂不附体。

这些神秘的乡村故事，无不让回忆变得津津有味。大亮有大亮的故事，小亮有小亮的传奇。谁又能说油灯下的故事没有鸟巢里的故事精彩呢？

亮漫长的历史，却在我童年时走到了最后。取代亮的是一种叫电的东西，电没有东西能装，看不见摸不着，只能用一根很长很长的线从远处送来。全村人充满希望地把一根根树高的水泥杆从山下公路边抬上山，再看着一大圈粗粗的电线架上了电杆，一转眼，油灯下的乡村夜晚变得灯火通明。每个屋子都安上了灯泡，晚饭过后，无事的大人便到隔壁邻居家看电视去了，孩子们则在灯光下玩耍。沿袭千年围聚一室的传统就这样轻易瓦解，一盏油灯的凝聚力被三五个五瓦十瓦的灯泡轻轻冲散，各家各户，大人小孩都开始在夜晚寻找自己的乐趣。一家老小，之前在吃饭的时候会聚拢在一起，但是通电后，吃饭时也大都独自端到自己的屋里边吃饭边做自己的事，早年其乐融融的场景日渐远去。可以这样认为，农耕时代的瓦解就是从亮的引退开始的。油灯把地位出让给电灯的时候，或者说电灯占据油灯的地位的时候，一个时代的巨大变革就已经启幕。

亮熄灭了，电灯燃起了。乡村夜晚再没有那团昏黄之光的笼罩，一切都如同白昼，朦胧神秘的乡村故事已经大白于电光之下，无秘密的乡村迅速变得索然无味。在电视的引诱下，乡下的青年开始一个一个从农村失踪，走进电视里的城市，去寻找梦想中的未来。三年五载，身后的乡村无人问津，从油尽灯灭的亮开始，一家一户到整个村庄再到一个又一个的村庄，都如同风中之烛，一天比一天羸弱衰老。乡村的故事也开始无疾而终，断断续续，最终成为面临保护的非物质文化遗产，但是，这种保护的力量是多么微弱无助。

虽然有一个又一个居民聚居点在兴建，一排一排的乡村洋房在林立，但是，仍然是寂寞空堂，仍旧是人烟稀少。

亮，已经在乡下熄灭了，那些神秘或者浓郁的乡村故事又在哪里寻找续篇呢？

2012年3月22日

（刊于《鸭绿江》2012年第8期）

远　嫁

最美的姑娘，总是远嫁他乡。

《诗经》开篇就说，那位"窈窕淑女"是个好媳妇，可是"求之不得"，无奈只有"寤寐思服，辗转反侧"。还有那位"所谓伊人"，一直"在水一方"，无论如何都无法接近，几千年过去了，还是没有任何人能够和她执手偕老，直到今天，这个古老的暗恋还在继续。这些女子，如果是低头不见抬头见，触手可及，可能早已让人熟视无睹，产生审美疲劳了。美女可遇而不可得，美在可望而不可即。所以，那些嫁得远远的姑娘总是最美，这，不由得娘家近的姑娘不服气。

小时候，村里有个女子放牛时经常拿本书，后来她成了村里有史以来第一个大学生，而且是戴眼镜的女大学生，这在远远近近的乡间引起了轰动。接下来几年，她家的大毛、二毛也考上了大学，还有三毛成绩也不错。她们家大婶成天心花怒放，在村里闲聊的时候，免不得要受到表扬，这个大婶曾毫不客气地抚摸着自己争气的肚皮，拍了拍说："哈哈，你们看，我肚子里长的这号东把西！"这是句四川方言，意思是说她的肚子里装的全是优良品种，于是这句话在村里广为流传，褒贬不一。虽然有人私下说她太张扬了，自豪得有点过分，不过，这件事在我家还是引起了重视。父亲有天说起这事，仿佛发现了一个规律：凡是娘家远的，生的娃儿就是聪明！虽然没有多少科学理论依据，但是这个现象正好与"近亲结婚"相对应，好像与混血儿特别漂亮聪明一个道理。

在我童年幼稚的头脑中，仿佛懂得了远嫁的优点，甚至萌生了以后找个远方姑娘的想法。远方的和尚会念经，远方的婆娘会生仔。

后来上学了，从书中发现了一个个颜美如玉的姑娘。我细细数了数，世上那么多的姑娘和那么多美丽的姑娘，传说最美丽的，无一不是远嫁他乡。

大家熟悉的美丽姑娘中，西施、貂蝉、王昭君、杨贵妃应该是家喻户晓了，这四位有人沉鱼有人落雁、有人闭月有人羞花，但她们如同四座摩天高峰，把中国后世的美女一个一个远远地隔在这两个成语的身后，无法比肩，无可超越，"沉鱼落雁、闭月羞花"从此成为世上最美姑娘评判的终极标准。这四位姑娘的容颜，无从知晓，但是无一例外，她们全都远嫁异乡。其中最远的莫过于王昭君，风华绝代，如花似玉，却要翻越重重关山，历经风雨，远出塞外，去见那个未曾谋面的官二代。婆家的路程越远，迎亲的队伍行进得越久，这个新娘子就越值得期待，于是，遐想疯狂生长，美便油然而生。更何况昭君出塞，"边城晏闭，牛马布野，三世无犬吠之警，黎庶忘干戈之役"，这个既漂亮又能干的姑娘，人们肯定把她想象得越来越美。这个从湖北一路颠簸来到西安，然后风雪兼程到了呼和浩特的好姑娘，嫁得够远了。我在百度地图上看了一下，从湖北兴山经过一系列省道，然后经福银高速、沪陕高速，到汉朝首都长安要12小时38分钟，然后从长安再到呼和浩特，经包茂高速、京藏高速，要14小时12分钟，高速逢山钻洞遇河上桥，昭君一行如果不遇上堵车都要行走一整天，可惜西汉没有汽车飞机，不然，王昭君也不会从春天一直走到夏天才到达长安，也不会让西汉第八个皇帝失去了等待的耐心，而错过自己远嫁过来的美丽的备用新娘。直到三年后，一个偶然的机会，王昭君才告别长安、出潼关、渡黄河、过雁门，又历时一年多，于第二年初夏嫁到漠北。王昭君这一嫁再嫁真是太远了，远得在中途长安一歇就是三年，远得几千年都没有回过一次湖北。王昭君当然是最美的姑娘，要不也不会让汉元帝气愤地杀死画工毛延寿，要不然也不会如同"石油换食品"一样，区区一柔弱女子就会换回两族永远的和平。西施、貂蝉、杨贵妃当然嫁得也够远，但没有王昭君嫁得远，也没有王昭君嫁得壮烈和伟大。

除了王昭君之外，还有一个山东姑娘文成公主，也在唐朝的一个良辰吉日，嫁给了西藏的松赞干布，她从西安出发到拉萨，两个月后才到达自己的婆家。新郎松赞干布给自己的美丽新娘新置了一套别墅，后来就变成了全世界的著名古迹，叫布达拉宫。

这些已经很老很老的美丽姑娘，我们无法猜测她们当年的自由恋爱和自主婚姻，我们只能从父母之命媒妁之言的礼教中分析，她们更多的只是一枚历史的棋子，任凭时势的安排，不过这已经是非常幸运的了，毕竟已经享受荣华富贵。不像当今，一个一个美丽的姑娘，都要经历打工求职的辛苦，然后还有真伪莫辨反复再三的跨省婚恋，至于那些时常炫富的女富二代，她们只是世俗鄙弃的丑角，不足挂齿。当然还有许多美丽的姑娘，或居陋巷，或在山野，只有慢慢在尘世中枯萎。不怪世上没有多少毛延寿，只恨当初没有数码相机，让更多姑娘曾经的美丽止步于传说，甚至连传说都没有流传下来。

我小时候，生活在川北高山层层褶皱的某一面，背山面山，我们最大的快乐就是每天出门大吼几声，然后听山对面传来的悠长回声。四处出行的路，全是来来往往的乡亲们踩出来的羊肠小道，什么时候没有人过往了，路就藏进了草丛。村里男婚女嫁，基本上就是在山的周围完成的。我们那面山和对面那面山围成的小山湾有彭家、李家湾、蒲家湾这三个村落。由于行政区划，把李家湾一分为二，隔沟相治，一边属剑阁县，一边属南部县，于是我们通常称为剑阁李家湾、南部李家湾。一沟之隔，田地相接，鸡犬相闻，但两个村子的村民很少交往，甚至连方言都发生了差异。剑阁辖区一直向西，越向西，越荒芜偏僻。沟这边的人常瞧不起沟对面的李姓人家，把他们叫作"剑莽子"。沟这边的女子很少嫁到对面去，沟对面的女子也很少嫁过来。沟两边的男女通婚，首先考虑的都是自己辖区的村庄，都没有很远，回娘家最远不过一两个时辰，两亲家时不时都要围在一起吃吃饭，喝喝酒，共同帮忙干点农活。当然，这样的人家以及他们的儿女，最远的莫过于回一下外婆家，然后就是赶一赶乡镇的集市。家庭条件好一点的，就是病得不轻了，才进县城的医院住几天就急急地回来，然后等死。就这样，一生就算过完了。老辈子们常说，他们一辈子就拴在了土地上。

这片土地上的人，一降生之后，对于男人，改变命运的路只有两条，要么是当兵，要么是读书。当兵如果当得好，可能不回家，或者转业到别的地方吃国家粮。但是如果当得不好，在老大不小的时候才复员回家，就继续当农民。如果读书用功，自然可以到远处上学，然后分配到远远的地方，从此成为村里的榜样被年复一年反复传说。不过，要从村里走出去一个男子，是非常困难的，女子们却不同了。我们村全是一个宗族，几十家人全一个姓，自古以来没有同姓通婚的先例，于是，女子们到了十七八岁的时候，父母们就着急了，急急地想把女儿嫁出村去。因为都没有多少远方的亲戚朋友介绍，这些女子大多在村子周围的另一个村庄安家落户。能够到附近的乡场上找个婆家，都算是高攀了。

所以，不得不说，如今这世道真是变了。当我在师范毕业后，拿着一纸介绍信又回到早年读书的那个乡村小学当教师的时候，我没有觉得读书改变了什么，除了不再在水田旱地里耕田犁地之外，我只是换了一种谋生的方式。从劳力过渡到了劳心，虽然不直接与庄稼打交道，但成天仍与庄稼汉的幼小儿子女儿斗法。但是，我慢慢发现，我又被另一种叫铁饭碗的绳索拴了这块偏僻的土地上。我的那些读书时常打架、逃学、打瞌睡的伙伴们已经随大流一个一个远走他乡，进入了我梦寐以求的大城市。他们早早地熟悉了地铁、手机、公交，而我仍与长辈们一样守在农村，成了一个连庄稼人都瞧不起的懒汉。

这些男伙伴先试探着外出，两三年后，在春节前后就回到村里，头发梳得油光闪亮，西装穿得笔挺挺的，如同一只只华丽的公鸡，操着几句外地的方言或普通话，回家在村里村外和附近的乡场上走上几圈，演绎着现代版的《凤求凰》，"凤兮凤兮归故乡，遨游四海求其凰"。春节一过，这些回乡的打工仔就带上了村里村外漂亮的女子一同远赴沿海的工厂，开始了全新的人生旅程。留在村里的女子感觉到了危机，坐以待老还是主动作为呢？大多年轻女子都心怀梦想，选择了孤注一掷，于是托人把自己也带上出去。这些漂亮的和不漂亮的女子都远远地跑到一个个叫东莞、深圳的城市，三五年不回家，回家就带上个外省的青年或者老年，这又让剩下的男子们更加恐慌，如果不外出，只得光棍一条了，于是也加入外出的大军，去物色自己的女人和追求自己的未来。就这样，一轮一轮地出走，山村基本上就空洞了，只有老人和小孩在留守。

剩在村里的，除了老弱病残的以外，还有像我这样守着一块鸡肋似的工薪阶层。无奈，我也只得加倍努力，寻找另一条外出的道路。

在接下来的十年，我们各自在自己的道路上奔跑追逐和随遇而安，一个一个先后成家立业，但是，没有一个小家庭在村里修房立屋，都要么在城里继续租房或者在乡场城里买房安家，没有谁愿意在自己出生的那块土地上继续扎根。跨出村子，有让生活更加美好的城市，特别是有一大把一大把的漂亮女子可供挑选，于是，我的同伴都疯涌进城市，一个个都捉到了漂亮的女子，河南的、山西的、重庆的、广东的，唯独没有本地的。当然，本地的这些漂亮姑娘，也都一个一个被外省的男子俘获。这是一个多么自由和自主的择偶时代，机会与风险平等，梦想与追求并存。虽然这些新时代的夫妻不懂自己配偶的方言，但是幸好他们都有一种叫普通话的通用语言交流，即便是风俗习惯和生活观念不能一下适应，但是比起上辈们的婚嫁，这种人生是多么的丰富多彩。当然，也会有不少意想不到的事例，让浪漫的恋情和美满的婚姻变得不如人意，但，这毕竟只是其中微小的一部分。这时代，不由得我不为之讴歌。

在这里，我要提一下一个普通的卫校女子。她应该像之前所有卫校毕业的女子一样，进入嘉陵江边某个乡镇医院当个打针拿药的护士，不少乡镇没有专职护士，那也顺便当个医生。然后嫁给镇上某个小杂货店老板的儿子或者年轻的乡干部，结婚生子，锅碗瓢盆，终老一生。然而，她却鬼使神差地跟上打工的人流漂向了东莞，然后在这个南方的城市做工守库，忍受白眼和寂寞，在工厂的流水线上看一个又一个的手指被机器切落，却无法行使自己救死扶伤的天职，她只得用笔记下这些南方的现代铁血故事，在朋友和网络间流传。我这个朴素的同乡，丢掉了注射药液的针头，抓住记录漂泊南方的笔头。一个十年，再一个十年，她最终没有成为南方优秀的白衣天使，却成为南方著名的桂冠诗人。郑小琼，这个不务正业的卫校女子，竟然阴差阳错地成了这个时代的意外收获。

当然，还有许多各地年轻的女子，都趁着这百年难遇的时代潮汐，随波逐流，走南闯北，开始了自己波澜壮阔的一生。我曾经当过近十年的乡村教师，当我终于也进入小县城一天天重复自己毫无新意的生活时，突然有一天，一个北京的电话打来，问我是不是当年的老师。通过这个学生，我被加入了我曾经任教的两个班的同学QQ群。当年一个个天真活泼的小孩子，如今都为人父母。两个班近百名同学，一个一个全挂在网上，好像当年的花名册。当年点名的花名册通常是用笔在名字后面的方格内画一个勾，表示迟到早退或者旷课。如今那些名字前面多了一个腾讯的头像，只要这个头像亮着，就表示他就在电脑的对面，等待老师的提问。十多年杳无音讯，仔细辨认，依稀能记起当年一个个青涩的模样。让我倍感意外的是，他们的名字前面都增加了一个前缀，表明自己目前生活或者工作的地方，成都、宁波、北京、重庆……这些前缀，就是一个个坐标，把他们的生活定位在某个大城市。我特地让我一个学生统计了一下，这百名同学，没有一个娶了本地的姑娘，也没有一个嫁在了本地。这虽然让青梅竹马这个成语无处可用，但这已经让他们的世界变得多么丰富和广阔，或许他们不知道，对他们来说，这是多大的时代进步和多大的人生幸运！

在这个自由的时代，女子没有束缚在村前村后，男子也没有束缚在土地与户籍上，只要有梦想，到处都是自己的疆域。一个个女子都远远地嫁出去了，当然，一个个男子也娶着了远远嫁过来的妻子。或许他们还没有觉得意外，但是，这对一个已经进入暮年的人来说，这是他们曾经多么渴望的幸运和幸福啊。

在我这两个班的百名学生的群中，一个叫杜春梅的女子，前缀却是卢森堡。当我看到这个前缀时，居然有点不敢相信。这学生真是太有创意了，居然把自己的人生安排到了遥远的大洋彼岸。或许对许多大都市的人来说，这不足为奇，但是对于川北这些偏僻的小山村，这已经可以算得上是奇迹了。我大体了解了一下这个嫁得比王昭君还远的农家妹子，她只是平静地说自己读书，然后打工，遇上男朋友一家正好要移民，于是一家就过去了，如同早年农村赶集时介绍对象那样简单。这一步，是多么巨大的跨越啊！虽然打工这个字眼，是那么的无奈和艰辛，然而又是多么让人憧憬和期待。

　　其实，在早年，我就细细对比过城市和乡村，对比过现实和追求。我历尽千辛万苦打拼到县城，然后为了房子起早摸黑，终于在房价大涨之前安下了家。庆幸之余，我想着我的兄弟姐妹和叔伯姑姨，他们或迟或早地背井离乡，一步就踏进了湖广、江浙，这是我"数年来欲买舟而下，而犹未能也"的江南水乡。他们虽然没有那里的房产户口，他们却在那里工作学习生活、饮食起居，虽然工作苦一些，虽然生活差一些，但是他们却享受着小县城和乡下永远都不能遇见的风花雪月和朝云暮雨。他们知道要买房迁户永无可能，也就不再做这样的美梦，便安然地在那些陌生的城市过起自己的打工生活，寄居自己的一次性今生。十年，二十年，三十年，这些第一代打工者还没有达到暮年，他们可能还没有时间来想自己的晚年，他们或许已经不在意自己的晚年，当他们在白发苍苍或者面容枯槁的时候，谁能说他们这一生，是囿于贫困闭塞的农村呢？谁还能分清他们到底是城里人还是乡下人呢？像我这样，一步一步，从乡村到小城，从小城到大城市，这样努力下来，想一想，这是多么艰辛，更何况，如果真能一步一步成功抵达，也算是幸运的了，许多人就在中间的某一步就因种种原因停止了。如果在大城市或者更大一点的城市生活是一个终极目标的话，我们则又被一

105

条条各型的绳索拴在了小城市，同样，我们的人生又被无形地限制了。

去年春节，我到仪陇朱德故居去，看到朱德一生在世界版图上的行动轨迹，几根弧线把他从亚洲到欧洲的行止简单勾画，就这寥寥几笔，我就知道，这才是叫波澜壮阔，在当今，谁的人生又会如此波澜壮阔？比起几十年来待在出生地日出而作、日落而息的我的年迈邻居，那些打工的姐妹，四海为家，各地漫游，他们的人生也够得上是波澜壮阔的了。

有的人，从一落地，就注定会在一个优越的平台开始自己的追求，把自己人生的画图铺展得天大海宽；有的人一落地，就注定要从底层一级一级向上攀爬或者要一步一步挣脱苦海，或许一生的活动范围就在出生地的百十里之内。如同一粒太空种子与一粒野生植物的果实，它们的命运如何能够相提并论。当然，这种不平等，是一降生就存在了的，与天赋平等没有关系。这种差异，不是人为的，是天然的，无可选择，能够选择的，除了转世重新投胎之外，就是像如今的男男女女，打工外出，浪迹天涯，等待命运中或许会遇到的幸运潮汐。对于更多无力改变的忍受者，纵使有再多的慈善或者悲悯，都无济于事。当然，还有另一种不平等，正如别人所说的那样"不公在这个世界上是多么严重啊"，这些，只能让我们的道路更加曲折艰辛。人的出生是不公平的，但是总有一件是公平的，那就是死亡！面对公平的死亡，也才让我们坦然地面向未来。

对于诸多的不公，作为一个无能为力的个人，当然不会有多少改变的可能，在这个泥沙俱下的时代洪流中，我们更多的只有各自忍受和默默抗争。对于命运无多变化的我的这些弟弟妹妹和晚辈，我觉得，能够给最大多数人最大可能改变的，无疑还是这难得的远嫁。

细细想来，谁的人生不是一次覆水难收的莫测远嫁呢？所有的梦想都在未来，所有的美好都在远方。

2013年5月31日

（刊于《朔方》2014年第10期）

草

在我看来，草其实才是最伟大的哲学家或者说战略家。

草与人有许多相似之处，但是把人与草联系在一起的词语不多，有一个是"草菅人命"。细细对比一下，人与草其实根本不可相提并论，人在许多方面还根本不及草。

草与人虽然各在两个不同的圈子，但是，在这个星球，人似乎一直都是草的掌控者，草仿佛是天然的源源不断的奴仆，供人差遣使唤，草从来没有也不能把握自己的命运。在人之初始，草就深受荼毒。盖房、生火、果腹、遮羞……草都派上用场，或被腰斩、焚烧、暴尸甚至株连根除，所有这些，无需对草说明理由，无需对草罗列罪证，随时随地，草都会被轻而易举送上断头台。或许是因为草不会语言，不能控诉；或许是因为草家族庞大，斩杀不尽；也或许是因为草过于柔弱，任人宰割。仿佛，草的使命就是被祭献。

当然，对于草来说，这世界对它们肯定是有失公允的。但是，有不少思想家已经替我们把这个问题解释得合情合理，不偏不倚，这只不过是物竞天择的自然法则罢了。草只是大千世界食物链条上的一环，只要草与人或者别的草食动物共存，草就是天然的祭品。或许草也无可奈何，只有认命，一边默默承受，一边独自寻找自己的安身立命之道。但是，我想道理并非这么简单，我一直认为，草，其实是伟大的哲学家，百折不回的苦行者，甚至是锋芒暗藏胜券在握的钢铁战士。

草的哲学，是它们用无数同胞生命换来的集体智慧，可以说是集众多人类哲学大师学说之大成，或者也可以这样说，人类的哲学家，许多只是从草那里学到了只言片语一鳞半爪。"无为而治""适者生存""顺其自然""存在即合理"等众多思想家的理论精髓，都可以在草那里找到出处得到印证。但是，还是没有谁能真正把草的哲学读透。我不知道，一个哲学家研究自己的理论要到什么地步才算是尽头，古往今来，当一个一个哲学家成天冥思苦想直到须发苍白老眼昏花，然后衰老逝去的时候，春风一吹，枯萎的草经过一个冬天的沉思，又一觉醒来，换件新衣再次青春焕发地站立在大地上，然而那些老去的人类哲学家，却阴阳两隔，坟头冷落，再也不会苏醒。醒来的草又继续在世间进行着它们的布道，而人却一个一个离它而去，人世的哲学也一个接一个慢慢过时，于是，草又得培养出新的哲学家来传播它的思想。

　　的确，草的许多观点或者倡导的思想已经深入人心，比如默默无闻，无私奉献，坚忍不拔，安贫乐道，与世无争……草满腹经纶，但从不高谈阔论，四处游说，它只身体力行，奉行自己的信仰，修炼自己的境界。古往今来，天南海北，诗里诗外，到处都长着萋萋芳草，历朝历代都能找到对草的哲学的解读，草可以说是久负盛名了，然而，草却谦虚得连自己单独的一个名字都没有。一棵小草叫芦苇草，它所有的亲人也都叫芦苇；一株狗尾巴草，它所有的亲人也叫狗尾巴。如果有两棵狗尾巴草站在一块，人就不懂如何分辨称呼它们了。走进森林和草原，如果要人把每一棵草命名并呼唤出来，那是万万不可能的。虽然这些草都没有自己的姓名，但并不影响它们这个大家庭有序生活。而人却不一样，如果一个人无名无姓在世上生活几十年可能无大碍，但是全地球的人都无名无姓，那这个世界一刻也不能运转。仅此一点，就不得不佩服草的高深大智。草是一个庞大的族群，它们先于人类生活在这个星球，人只是少数后来的族群，还在一步一步逐渐深入掌握在这个星球的生存之道。草的哲学，是一个物种数千年的智慧，而不是一棵草的深度。而人类，却一直致力用一种意志或者一个人的意志来统一所有的大脑，这或许已经南辕北辙。

　　草风餐露宿，与世无争，当这个世界需要它们的时候，就是粉身碎骨灰飞烟灭，它们都义无反顾。虽然话是这样说，但是细细想来，草还是有它的细心之处，人哪能向草照抄照搬呢？青草割了一茬马上又长出一茬，人走了一茬，虽然又会来一茬，可是来的却是另外一个了，而草还是它本身，草割掉的，仿佛只是它的头发，而人失去的却是脑袋和生命。可能，人们在这个问题上断章取义了，无论是野火烧、刀锋割，草却一直都把持着自己最后的底线，把自己生存的根本一直守护着。草的命在根上，人的命维系在身体的各个部分，把草腰斩并无大碍，人只要破一点皮，都可能要了命。所以，在运用草的理论的时候，如果不结合人的实际，不把草的理论人性化，那就会失之毫厘，差之千里。草木和人的对比，在"5·12"汶川地震中，让我深有感触。年年五月，莴草盛开，它们即使深埋地下，或者肢断条残，但是过不了多久，就又会从土中探出头来。然而北川那些孔武有力言笑晏晏的羌族、藏族、汉族同胞，一天天过去，一年年过去，却再也没有回到地面。"5·12"大地震过去四年后的一个春节，我带家人来到北川，只看到草在断垣残壁中依旧青葱，而那些当年的楼中人，全一个一个化作黑白照片，排列在废墟前的铁质纪念牌上，他们如此生动地面向着我们，他们的笑容越甜美，我们的心情越悲戚。只要有一点缝隙，草都要从地下努力挣出来，虽然草在地下的颜色惨白如同失血的胳膊，但它们还能曲曲折折坚强地爬到地面，风一吹，那些茎蔓又血肉丰盈，充满生命的颜色。然而那些天，只有贺晨曦如同一棵顽强的草，在地下坚持了104个小时，重见光明。我们多么希望，北川地下的那些同胞，能像任何一种草一样，春风吹过，他们能慢慢鲜活地走出地面，回到亲人的身边。然而，我们只有徒然叹息。这让我深刻地感到，如果把草的理论简单化教条化，在人这里是行不通的。

当然，最让人难以理解的是草的淡定从容。无论在荒山野岭还是都市绿地，那些草都没有追求过一种更加舒适富足的生活，如果阳光充足水源丰富，它就长得鲜嫩一些，如果环境污秽土薄天旱，它未必就枯黄憔悴。它们从不追求能到好一点的城市生存，也不奢望锦衣玉食宝马香车，相反，如果把它们请进豪宅高楼，它们反倒不习惯这奢华的生活，成天病病蔫蔫。与草相反，人却没有谁更愿意长居陋巷，总想把舒服享受到极点，总想把欲望满足到极致。成天南来北往，奔跑追逐，当终于有一天跑不动了，当终于躺在草的身边或者脚下的时候，或者才会长叹一声：人生一世真不如草木一秋。

其实，草虽然面目温顺，沉默寡言，但是，它的前进从来无法抵挡。

我来自乡下，用古人话说，就是出身草莽。在乡下，必然与草为邻。每到春夏，其中有一项繁重的工作就是到庄稼地里除草。把花生地里的大小柴胡连根拔起，把水稻田里的稗子彻底清除，除了蒿枝子、刺芥子、铁性草这些我叫得出名字的，还有许多我叫不出名字的草，都得从庄稼地里把它们请出去。说要除去它们，也绝非易事，把它们放在地边，过几天，它们就一簇一簇长成一大团。除非把它们晒在石头上，如果连续几天不下雨，它们才会干枯死去，如果下点小雨，一夜之间，它们就会站在石头上绿绿地盯着我，仿佛在向我示威质问。我与这些草无新仇旧恨，所以我多是把它们扔进庄稼地外的山坡，让这些草回它们的家。其实这些土地本来就是草的地盘，我们抢了过来，然后把它们赶走。除草时，要弓腰趴背一个上午或者下午，从地里出来，腰都直不起。早上去，地里还有露水，把衣裤打得潮湿，还一脚的泥，如果下午进地，太阳又火辣辣的，庄稼叶子有些叶边还带齿，把手臂拉出一条一条的血印，汗水流过，火烧火燎的，如同受刑。我儿时就是独自在地里除草时，才开始羡慕那些不用下地劳动的人，于是喜欢上了读书，因为读书可以让我摆脱长年的田地劳动。

中学毕业后，我就真摆脱了进地干活的命运，然后就多年没有回乡了，很少进地干活了。即使回家，父母也不让我干活，还说弄脏了鞋袜难得清洗。再后来，我连田边地界都没有靠近过了。父母进城，说全村的男男女女都到外打工去了，那些田地已经转让给别人耕种。随着村里外出的人越来越多，后来根本转让不出去了，没有办法，只得撂荒。即使转让给人家的土地，人家再也不会像当年我们那样细致地耕地除草施肥，现在只要把种子撒下，然后就是隔些时间撒点化肥，然后再撒些除草剂，就再也不过去看了，只等收获的季节下地收割。除草剂是我们早年没有听到过的，只除草不伤庄稼，如同美国先进的激光制导导弹，点射目标，不伤其他。村里人越走越少，现在除草剂都没有人撒了，直接把土地闲置。那些早年被赶出地界的草，一路一路从四面八方向那些庄稼地悄悄派出小分队，然后一步一步向地中央进军。偶尔，我从车上经过乡下的山坡时，远远望去，已经分不出哪里是荒坡，哪里是曾经的庄稼地了。我只看到，那些草以胜利者的姿态在悠然自得地摇头晃脑，仿佛在享受自己领地失而复得的满足。如同一个伟人说过的：世界是我们的，但终归是你们的。如果换在草的口中，它们一定会这样表述：世界是你们的，但终归是我们的。

草侵庄稼已经不足为怪，毕竟都在野外，过来过去也是正常的。撂荒的事也是常有的，哪块地水源不好了，路断了，也会出现这个情况。然而，草侵村庄就有点让人意想不到了。

农村的房屋都修在山坡的平坦处，三五间瓦房一立，四下就用石板或者水泥硬化。一是不让草长进来，二是不让泥水浸过来。如果房舍烟火旺盛，即使什么也不铺，人来人往，草也没有机会抛头露面，有在路上伸过头来的，也会被踩踏得悄悄退回去。什么是路呢？就是不长草的地方。村里的人一个个远去不回，路上的人也就越来越少，草就试探着伸过头来，十天半月，没有人来阻止它们，它们就不约而同从路的两边向中间靠拢，仿佛河两岸的牛郎织女，终于拥抱在一起。三年五载，路也就深深地藏了起来。对于人来说，草的这些行为似乎有些不仁不义，人走了，它就侵占过来。而且，我发现，对于草的这种不义行为，至少说白居易已经发现，他在《赋得古原草送别》一诗中说"远芳侵古道"，这何尝不是已经发现了草潜藏的攻击特性呢？只不过，唐朝的草攻陷了古老的道路，而今天，草则在我们面前吞并了村庄。

草的大军如同绿色的潮水，一步一步，漫过了山间小路，漫过了农家小院，漫过围墙，漫上台阶，漫进人去楼空的陋室高堂，漫过我们的童年，漫过我们的回忆，直到把我们一个个深深淹没。

一个夏天过去，几场大雨，房屋又倒了几间，田地又冲毁几处，草就乘势扑过去，驻扎下来，高高地伸出绿色的手臂，仿佛在召唤更多的同盟，又仿佛是一面面绿色的旗帜，在宣告又一次行动的胜利。还有些莫名的草，开出了各色的花，那些红的小花，肯定是草的旗，而那些白色的花，一定是村庄又在缴械了。

　　在我看来，草是在蚕食村庄，而对草来说，它们只是在收复失地。

　　站在小小的城市，回望草的来势，除了一声长叹，我们还有什么方法来抵挡村庄的陷落和挽回已去的大势？还有什么策略来瓦解草深谋远虑后已经全面展开的反攻呢？

　　一个时代就这样由草来草草收场？

2013年9月8日

（刊于《青年作家》2016年第2期）

远去的乡村

草木丛生，村庄慢慢退出江湖。

沿着青草萋萋的山路，村庄一个接着一个回到了它到来的地方。村庄世居深山，从来没有谁关心它来自何方。村庄曾生长在茵茵草地之上，村庄离开之后，漫漫的野蒿便收藏起村庄的背影，村庄从此成为传说。

村庄有来自湖广、有来自西域、有来自古代。一队队迁徙的人马离开大路进入深山，如同一滴水浸入土地，无声无痕。三年五载过后，村庄便成片成片地在崇山峻岭之间慢慢生长，远远望去，村庄是大山抱着的一个个孩子。鸡鸣犬吠、炊烟山火，便成为大山温馨的音画时尚。

村庄散落在有名或无名的山山岭岭，青瓦土墙上不倒的炊烟是村庄高高飘扬的旗。响快的农家大嫂脚踏在婆媳的分水岭上，一边操持着全家的吃喝拉撒，一边肩负着孝敬公婆、生儿

117

育女的世袭重担，无怨无悔。灶屋门框上的锁扣，一头系着全家的幸福温馨，一头系在农家主妇腰下的钥匙链上，没有主妇在家的院落，是农家最清冷的世界。

村头的石碾石磨，是一台台古老的留声机，长年不紧不慢地旋转，播放着嗒嗒的牛蹄之声和乡间最柔曼的岁月金曲。碾盘上的谷物和磨槽里的豆类，在与石头的亲密抵触之后，便化作最细顺的营养，滋养着山里的豪爽的汉子和勤劳的婆姨。

潺潺溪流停歇在村外的堰塘，映照着淳朴的人间烟火和浓郁的乡村情韵。暖暖的午后，梳着长长麻花辫子的水灵村姑，顺着青石小路来到河边，挽起袖子，搅动着清澈的河水洗衣裳，她白嫩的胳膊起起落落，让路过的邻村小伙心波动荡。

深邃的老井气定神闲，在长长的井绳牵引下，从清晨到夜晚，又从夜晚到清晨，流淌出亘古不变的水样年华。纯真、淳朴、纯洁，山里的一切都如这水的风格，水样的禀性，让山里的子孙一代代遗传。回乡的游子，总要舀起一瓢甘泉，慰藉干涸的心田。老井边四四方方的石砌淘菜缸与圆圆的井口相依相伴，这一方一圆，仿佛是先辈们留给子孙们最深奥的谜语，方圆之中，便囊括了世间的所有，这部经典的古籍，让后世代代品读。

一个接一个的四合小院过去，便是村头那片坟林，一块块陈年的石碑，记载着村庄的到来，昭示着村庄的辉煌。风雨冲刷之下，当年深刻的文字早已风化，有的石碑早已断裂掩埋。这是村子到达后的记事墙，是村子记忆的开始。

石碑是村子永远的站口，从这里出去了一个又一个追梦的人，三百六十行，个个都从这里匆匆上路。站口之外，岁月如流。出去的男女带回了山外的风情，打破了村里千年固有的宁静。儿女们又打工走了，坚守在村子里的老人，于是长眠在村头的坟茔里，看护着孤独的村庄。

孩子们一个接一个地走了，村子渐渐空洞。孩子们走了，也把村子一块一块地搬走了，留下的，只是村子曾经的记忆。仿佛又像从前一样，村子又如一滴水浸入异乡的土地，在恍然之间，便长成一片片高楼大厦。

悄然之中，村庄慢慢迁徙，慢慢消失。千百年来的风土人情，也如曾经纯正的乡音，无意间遗忘在城市的大街小巷；如水般显著的标志，也早在城市的灯红酒绿中掺杂得无法辨识，村庄已经被城市慢慢分解并重新拼接。村庄，仿佛是那些农家风味的都市场馆里的塑料庄稼饰物，成为回忆的另一个名字。

草木茂盛，村庄最后的身影已深深掩藏。想起故乡，那些青山绿水便成为叫作文字的抽象符号，那些风花雪月便成为怀乡时的隐隐伤痛。

2007 年 7 月 11 日

城市心灵史

无论走到哪里，土地都一直在那里静静地等我们……

怀念麦子

麦子，是乡下最顾家的媳妇。

农历十月，谷子都住进了仓，踏实的农民们便早早忙碌起麦子的婚礼了。农家计算好的那些碳铵、尿素是麦子最好的嫁妆。在麦子离开家的前夜，老农便会点起烟锅，叨念着哪块地肥，哪块地薄，分摊起麦子的陪嫁。

在丰盛的早餐过后，一家老小便扛上犁耙、炊具，连同耕地的牛、看家的狗，一路浩浩荡荡，送小麦出门。小麦要远嫁到村外的山上山下，新犁过的田垄散发着淳朴的芳香，一粒粒饱满的小麦就是那片整侍妥帖的土地上的新媳妇了。远离村庄，农户在田野垒起锅灶，露天生火做饭，袅娜的炊烟是麦子最后华丽的转身。这顿午餐，是为麦子摆设的婚宴。

嫁过去了，小麦深入土地度起了蜜月。蜜月过后，她慢慢

123

探出了头，害羞地出现在自己的院落，那望穿秋水的村庄便远远地成了她的娘家。在新落户的土地上，小麦越长越滋润，腰身越来越苗条。微风过处，麦子们在田野里载歌载舞。娘家的亲人不时过来走走，看到麦子生活幸福，也乐得吼几声山歌。

麦子守护着自己家园，默默担负着自己的责任。农夫的儿子打工去了，农夫的媳妇也打工走了，娘家的亲人基本上全到广东深圳了，只有麦子仍生活在村庄。麦子独自顶风挡雨，养家糊口，是乡下最后的村姑。在乡下，她们没有私奔，逃离这个贫困的地方；她们没有绯闻，败坏村庄的名声。纷繁尘世，麦子是乡下最忠诚的妻子，是土地最贤惠的媳妇。

麦子的亲人们都到远方追逐梦想去了。有的带回了成扎的钞票，有的连尸骨也抛在异乡。然而，麦子们仍坚守着自己的家园，默默尽着自己的妇道。

麦子居住的村庄时常干旱，往往会长达半年没有雨水。村子没有自来水、没有空调、没有雪糕，村里的水分似乎被某种强大力量全吸到了城市，村庄更加干涸。麦子仍顶着烈日，顽强生活。纵然看上去全如一个个村庄的弃妇，然而麦子还是无怨无悔，张罗着生儿育女。

所有麦子肤色的男女，都是小麦健康的后代。不管走到哪里，他们都继承着小麦遗传的色彩，这或许是小麦最大的安慰。小麦的子女一个接一个来到都市，有的头发被染成红色、黄色、蓝色，有的脸上擦着雅芳、资生堂、欧莱雅，但总掩饰不住小麦的烙印。小麦惦念着四处散落的儿女，便以馒头、饼干、方便面的形式进城探望自己的儿女。然而，除了工地上的苦力、流水线上的女工还亲热着乡下的麦子，深深想念着老家并与馒头为伴，其余男女则早已暗恋上了生猛海鲜、麦当劳或雀巢咖啡。

进城的面粉也不得不时常出入烤箱，与各种香精、防腐剂甚至"苏丹红"一起，敷着厚厚的各型粉脂粉墨登场，进城的面粉忘记了小麦的嘱咐，已经面目全非。

没有人听到麦子的叹息。深山的麦子孤独地坚守着自己的家园。当城市在污染中变得神经质的时候，才想起乡下的麦子，便四处呐喊着小麦的色彩，于是绿地、绿色食品、绿色水果、绿色软件、绿色建材等新词如雨后的麦苗生长出来。但是，更多的人还是记不起乡下的绿色麦子。

麦子在尘世间沉浮，麦子仍旧安然生长。

村子里的男女一个一个进入城市，成为农民工、新莞人、都市新贵或者都市盲流、社会不稳定因素。村庄也随之半个或整个地搬进城，镶嵌在城市与郊区的夹缝里。村庄只剩下老人和小孩了，麦子也被抛弃在一旁。

山里山外的土地上全长出了野蒿，麦子失去了自己曾经坚守的家园。麦子，只得躲在村庄的粮仓里哭泣，直至流尽最后一滴泪水，然后死去。

野蒿疯长，让人忘记了麦子的家。然而，我却时刻惦念着乡下的麦子和那些值得深爱的乡下女人。

2007年6月16日

妄想者

我时常发现，在我夜晚熟睡之后，我无形的灵魂便轻烟般穿越头颅直飞向黑夜，高高地悬浮在意念之上，如同鹰隼，用锐利的目光洞穿我隐秘的过去，审视四下忙碌的众生，或者潜入茫茫的未知……

那是一双高居在半空中的慧眼，把看到的影像传输给躺在尘世混沌的我。这是一种奇异的感觉，我可以在睡梦中清楚地看到儿时的我，可以看到我经历过的大凡小事，仿佛是第三者在密切注视着我一样。我三十年来的尘封往事，这双慧眼都能一一查阅，并且能让我清楚分辨自己何时方向正确何时抉择关键。这双慧眼无所不能，能看到我想看到的一切，时间想切换到前十年、前二十年，甚至唐朝、秦朝都转眼能到，空间想切换到月球、火星也是轻而易举，即便是许多我从未看到过的物象，也会合理清楚地呈现。对于这些影像，我不能确定它们到底存放在何处，到底是真是幻。我曾记得有人说过，如果我们能按光速行走，那么世界将会变样。我怀疑，这一切是不是因为我的思维或者在我睡觉时从脑袋上伸出来的慧眼的目光在以光速或者超光速行驶而发现的异象呢？

我只要想到什么，我头顶的隐形天窗就会在意念中打开，伸出洞悉一切的慧眼把那些影像捕捉回来，转瞬我就可以在脑海中品评那些生动的画面。这样的速度，远远超过光速，我脑海中那些遥远的画面肯定是因此出现的。我看到我自己，从那个小山村蹒跚地走出来，混杂在别的光腚的孩子中玩耍打闹，然后跋山涉水到村外的学校，再进入县城上学，又回到乡下教书，在这个山村待几年，到那个山村待几年，最后，才躺在小县城这些没有屋檐的水泥楼房里的床上神游。几十年的历程，可以随意前进倒退并反复重播，我便能如此悠然而慢条斯理地品评那些成败与对错。此刻，我已经是自己的另一个评委，铁面地评说自己的过去，唯独就是我自己再也不能重回往昔，让二者合二为一。我也曾设想过，如果我当年没有挣脱农村户口的束缚获得吃商品粮的另一种身份，而是落榜外出打工，今天会是个什么样子？如果我当年不选择中师而选择高中，升上大学又会是什么景况？这些，只能设想，在种种可能被一一否定后，我才清楚地觉得，这几十年，其实是生活得多么偶然，换另一种生活的时候随时可遇，然而却又偏偏选择了目前这种方式。

　　我还看到了，从我一出生就同行的那些人。开初在生命的旅程上一同行走，走着走着，他们就走向了另一个方向，有些人走散了，又有些人加进来。有的走向了我所不能企及的梦想之地，也有人走向了命运的深渊，还有人径直走向了天堂或者地狱。与我同行的，还在不停地走，只是偶尔传来信息，有人又走向别处了，更多的同行者则走到了我所不知道的地方。没有谁知道自己会走多远，也没有人清楚自己会走多久，在生命这条路上，所有的人都在向前，只是，更多的人走着走着，就离远了，走散了。这双慧眼让我看到了我的一路历程，让我看到我不停更换的同行者，这种发现，让我时而变成一个命运的庆幸者或者侥幸者，时而变成一个生活的幽怨者甚至嫉妒者，然而更多的时候，这种高处的俯瞰只是让我平淡得甚至麻木，仿佛一个历世过深的老者，然而，我才过而立之年。对于不可预见的未来，我们只在埋头前行，在一个个岔口，有人走这边，也有人走那边，然后就此分手，各自汇入新的人流。到底会走多久？到底会走多远？没有人知道。只有那双慧眼时常前后顾盼，过去的历历在目，也仅供参考，未来的，只有全凭感觉或者惯性。

在那双慧眼的鉴别下，一个个美丽的梦幻逐一被识破。随着年岁一天天增长，才知道有些梦想在一出生就注定不能实现。没有人会让自己的生活如同美梦，也没有人能够让自己的美梦在现实中实现。梦想如同彩虹，只可追逐，不可获得。生活仿佛一面大海，人生如果赶上了时代潮汐的波峰，就会一浪接着一浪地走向很远，经历自己波澜壮阔的一生；如果遇上的是历史大潮的波谷，那就只有经受一浪接着一浪打击，直至沉没在历史的海底；如果遇上风平浪静，那就只有静静地等待不知什么时候才会到来的潮汐。命运甚至生命本身都是如此偶然，梦想自然与生活、奋斗形同陌路，能赶上时代大潮波峰的，能把握好时代机遇并随波逐流的，屈指能数。于是，那些遇上历史机遇的，则称为时代的幸运儿，或许，他们所实现的，并不是他们当初的梦想，他们获得的，恰好是别人的梦想。在这双眼睛的帮助下，我看清了，曾经多少绚烂的画面，只是海市蜃楼，如同梦想之光照耀下的肥皂泡，在我们吹着吹着，在一次次的飞升过程中，便悄然破裂，那些美丽的幻影聚成水珠落下，如一滴不易察觉的泪。

我也曾轻松地进入秦汉和唐宋，穿着一袭青衫，玉树临风般行走在线装的古书中，怀揣惊世的绝句或者骈文，看遍京城每一朵桃花，寻访深巷每一座酒坊，然后挥动右手，用狼毫或者羊毫，将胸中的锦绣华章化作浓淡枯涩的墨迹在世间流传。或者，再佩柄长剑，在太平盛世的月光下独自起舞，在动荡的乱世剑指江湖。在那缕轻烟回归我肉身的时候，我就会正好翻一次身，于是我便把那几千年的光阴丢在了身体的另一侧。在我醒来之后，我还得赶忙穿上皮鞋，在尘土飞扬的水泥路上西行半个小时，走进钢筋混凝土堆砌的办公室，在键盘上敲打一个个枯燥的官样词语。如果真能重回昨夜，那我暗藏着肩周炎的隐隐作痛的手臂和喀喀作响的颈椎腰椎也不容我提腕挥毫自如挥洒，这是是非非黑黑白白来来往往的名利客也不由得我自作主张手起刀落。到处流传的早已不是精美的辞章，而是官宦神秘的家史或者艺人错综的绯闻，到处晃荡的早已不是杀人越货或者蛮横撒泼的街头泼皮，而是深藏不露的假面煞星。幸好我的武功已经荒废，不然，这叫我如何在这个世间安身立命。

在黑夜的掩护下，我可以闪电般在前世来生穿行，无声无息，如同传说中无所不能的不明飞行物，我可以将世间的芸芸众生一览无余，不仅能看到他们的早年和当下，也能看到他们的往后，仿佛他们命运的走向也如掌纹一样清晰可辨。我知道，在每一块土地上，生命都在按一个方向行走。生命就是从生到死，命运就是从生到死的不同轨迹，看到一个生命经过的痕迹，我就知道会有更多的生命会这样重复前行，生命的意义或许就是一次重复。这些生命从生到死行进的方式在不断重复，这些轨迹虽然复杂，也无非是走走停停，离离散散，这一个一个的生命，只是不断重复着离合的表现者。看清来路和去向，一切都是那么简单，根本没有多么复杂。原来，人生其实就这么简单，我们的生活也可以如此简单，然而，更多的人或许是为了美梦成真，把简单的生活折腾得那么复杂，把简单的人生折腾得那么曲折坎坷。人生，不就是一次唯一的走散，一次偶然的相遇和分手，何须那么烦琐呢？

我时常想着那些黑压压的人头，当然，那些黑压压的人头中间也有我，如同一团密布的蚂蚁奔走在它们的世界。一只蚂蚁能走多远？一只蚂蚁的命运有多复杂？当然，在蚂蚁看来，这肯定是两个十分深奥的难题。然而，在人看来，这个问题几乎不足挂齿，五步之间，无非就是蚂蚁的远方，一掌之下，就是蚂蚁的命运。同样的疑问，要人来回答，肯定与蚂蚁一样困难，但是，如果远远地站在尘世高处，看看这两个问题，其实也无足轻重。人生不过百年，空间之远无非踏上月亮火星，事业之远也无非达到一定的数量或者高度，然而在飓风海啸地震面前，人的命运也不过就是一生一死。在高远的慧眼看来，人的世界也就如此狭小和简单。我仿佛看到这些黑压压的人群，不断从四面八方涌来，然后逐一减少又逐一增加着涌向四面八方，这些黑点绘写的图画，一辈一辈，就书写成了生生不息的世间万象。

对于人世的所作所为，这个世界有太多的理由或者借口来诠释。当然，肯定大多数人不会先找理由然后生活，往往是在事后才寻找理由支撑或者借口解脱。还有更多的人在生活中，根本不需要理由，只凭经验或者感觉，在经验或者感觉中生活。我们在很多的时候都如一只无头苍蝇，在人世的惯性中前行。我有时也想，如果我们都拿些时间坐下来想想，然后再走，会不会有什么不同呢？然而，在世俗的柴米油盐之中，在杂乱无章的日常琐事外，我们还有多少时间和精力静下来想想这些呢？这个世界，思想者已经所剩无几，只有接踵而至的奔跑者追逐者，精神世界也日渐荒芜，物质世界却异常繁荣，享乐和消费则成为生活的全部。在强势集团的操纵或者暗示下，那些无数的小人物只得为了生存疲于奔命，意义，无非就是活着，在更好一点的物质中活着。然而，在这个已成大局基本定型的海面，这种妄想要成为现实，想要掀风鼓浪，想要逆流而行，必定十分艰难。

我的父亲母亲和我身边的人，他们的人生就是苦难。生活在偏僻贫困的乡村，繁重的农事和沉重的赋税让他们只能解决温饱，泥坯的房屋、粗淡的饭菜、简陋的房间……我也曾在乡村生活多年，如今只生活在小小的县城，这种强烈的反差更多的只有让我感到庆幸。通过那双冥冥中的慧眼，我发现自己的幸运和偶然，不然，我仍是深山中那个沉默的农民。幸福之所以不能对比，或许就是因为有许多这样的两极，于是便有不少哲人出来让我们面对现实，知足常乐。想到这样，我的快乐里饱含泪水。村子千百年来，一辈一辈聚族而居，日出而作，日落而息，如果把远近两个时代的生活切片一对比，除了服饰和一些器物之外，两个时代的生活应该没有多大差异。就是这种近乎雷同的缓慢生活，传承了这一支血脉，繁衍着氏族的后代。那些不能被查证的前辈，或许只能看作是一个个生命的传递者。要在这个时代寻找他们的蛛丝马迹，或许只能从血液中去分析，然而也没有对比的证据，这一切，只能归结到一个抽象的词——"意义"之中去了。如同那些密集的蚂蚁，每一只蚂蚁的名字已经毫无意义，只有把它们的生命抽象到"蚂蚁"这个词时，才会产生力量。所以，人，也要知道自己的渺小。当然，这样的对比还随处可见，摩天的高楼和低矮的窝棚，繁华的沿海城市和疾病丛生的贫困山区，从具体的物的对比中，永远不可能寻找到一个平衡的支点，唯一能够对比的，就是他们同样作为生命，都在忍辱负重，坚韧前行。这或许就是生命的本能，停止前行，生命也就终结。

当然，还有更多的妄想，已经遗落在我辗转反侧的瞬间，无迹可寻。我知道，这种妄想只能存在于我的睡梦之中，因为我在清醒之后，还不得不为了生存、爱情、家庭和事业忙碌奔走。我知道，在这个世界里，这种妄想的时候也不是太多，一切都在加速，当我在停下来妄想的时候，许多东西已经失去。这种妄想，或许只是一种自我的安慰和解脱。

我知道，这样的妄想者还会走过来，与我同行。我在我的短短的生命历程中，我的妄想或许已经成为另一个妄想者的今天，下一个妄想者的明天将会是什么样子呢？他们妄想中的画面又是什么景象呢？这，肯定是我的妄想无法企及的。

2011 年 5 月 5 日

（刊于《花城》2013 年第 2 期）

镜　像

　　闲下来的时候，我时常看着墙上的壁钟发呆，那根细长的秒针仿佛脑瘫一样木然地一顿一顿不知疲倦地在钟面上反复旋转，让我眩晕。那秒针好像一根铁质的麦芒，永远那么不紧不慢地扎着我的神经，面无表情地挑走我的生命。秒针每颤动一下，我就知道，我已经永远失去了一些东西。那轻微的嗒嗒声，仿佛是它噬咬我生命的声响。我知道，我的生命，就是被它这样一声一声嚼碎的。

　　我把目光从壁钟上收回，我知道，我看到的壁钟和我周围的一切，已经不再和刚才一样的了，壁钟显示的已经是另一个时间，永远回不到刚才的那个时刻，我也永远不能回到刚才那个时刻去了。我知道，时光不会倒流。刚才的我和我刚才看到的壁钟，只是这一刻投射过去的一个影子，一个镜像。当我正在凝思的时候，这一刻，转瞬又成了下一刻投射过来的一个镜像。时钟与我，只是在以一个个不断远去的镜像连续存在。或者说得更加明了一些，这就如同蝉，上一刻的我以及我周围的一切，只是这一刻刚刚蜕去的一个蝉壳，当无数个隐形蝉壳蜕尽的时候，我们的生命就到了谢幕的时候了。

静静地坐在桌子前，我可以清楚地感觉到秒针马不停蹄地在旋转，那声响越发巨大越发刺耳，让我愈加烦躁并心灰意冷。面对时光的吞噬，我竟无能为力并如此颓丧，想要挣扎，都不知道如何挣扎。

机械果真是机械啊！想着秒针旋转的景况，我也不禁哑然苦笑，它真有点滑稽甚至无聊，它居然能那样一直机械地重复下去，我看着它都会把自己看得发晕，然而它却永远也不晕，还乐此不疲。不停摆动的秒针，仿佛一把永不停歇的掘墓铲柄，它挖下一个个无形的深坑，把生命一个一个地埋进深邃的时间坟墓，永不开封。分针和时针，不易看到它们的走动，我也没有那么好的耐性能静静待在一个地方一直看着分针或者时针走上几格。这三枚铁针轻微甚至隐秘的运动，似乎不想过分声张地带走时光，然而，我却分明看见时间如同一缕轻烟，穿过壁钟，摆脱秒针转动的轨道，径直向我背后飘去，然后永远地消失了。时间向后消逝的同时，也带着我的一个一个镜像远去了，或者带着我一个个刚刚蜕去的壳远去了，让我的生命一刻比一刻变得愈加斑驳苍老。

坐得久了，睡意始生，我打了一个呵欠，估算了一下时间，可能有五秒。在这五秒内，我扬起头，张开嘴，吸了口气，又呼出了一口气，嘴巴闭上。如果把这个过程分解成五个片断，好像五张照片，在我打完这个呵欠时，前面四个动作的片断则早已成为四张一去不复返的镜像消失了。就像一位外国老人说的一样：一个人不可能两次踏进同一条河流。我接着又打了一个呵欠，我知道，这已经是两个截然不同的动作了。然而，生活远远不止打呵欠这么简单，还有更多纷繁复杂的情节，但，也都会成为一个个瞬间镜像，远远地流逝。我们的人世以及这个尘世，就是由许多如此的瞬间组成，只不过有的瞬间辉煌，有的瞬间卑微，有的瞬间平淡，有的瞬间经典。我们记住的，往往就是那些自以为非同一般的瞬间，更多平淡的瞬间，则在不经意中让时间全部带走了。幸好人类对照相和摄像技术的钻研日益精深，不少瞬间镜像被捕捉下来存放起来，可以保存上亿年，但这些只是镜像。至于记忆、文字或者别的符号，则只能存留一个更加虚幻的镜像，即便是那些毫发毕现的油画、引人入胜的描述，也都掺杂了许多想象和虚假的成分。这些镜像，终始都只是些如同蝉蜕一样的镜像，是没有生命填充的虚拟空壳。

我把目光投向窗外，远处有来往的车影和人身，我知道，我看到的，只是他们这一刻留在上一刻的影子。当我的目光到达时，我眼睛捕捉到的那些车和人只是一个个镜像，我的目光永远都不能追上时光的步伐，只能在他们的身后拾取一个个被时光剥落下的镜像。纷繁世界，都只是一刻之影。如果能够把时间压缩再压缩，千万年的历史便会如播放幻灯片似的呈现一个个虚拟的镜像。这些虚拟的镜像一个接着一个闪现，从不重复，或许雷同。我想，如果真有那一刻，将是多么奇妙。我坐在城市的高楼上，静静看楼下的世界，想着时光如果停止，想着时光如果倒流，想着这些来来去去的芸芸众生，我突然觉得，我仿佛一个超然的神，看到了世间万物的前世今生。

年少时，听物理老师说过，太阳离地球有一亿五千万公里，我们听到这个数字时就如同在云端漫步，太遥远了，简直不可思议。是的，这个天文数字只可能想象，不能用脚步丈量。光的速度是每秒钟三十万公里，太阳光从太阳射到地球上，至少都要八分零十秒。我们一抬头就看到了太阳，咋没有八分钟呢？是我们的目光速度更快？我曾不止一次地猜想，如果太阳真像一个灯泡，它的光要八分钟才照得到地球上，如果这灯泡突然一下熄灭了，难道我们要八分钟过后才知道太阳熄了吗？我想道理应该是这样，但是没有人明确地回答过我这个问题。我也不好意思问别人，担心别人笑我是疯子。直到三十多年后，我偶然从书摊买回一本陈旧的《时间简史》，那个瘫在特制轮椅上的霍金教授才告诉我，我的想法是正确的。同时，霍金教授还告诉我，时光能够倒流，人类也能够进入未来世界旅游。但是，还必须得有一艘比光还快的飞船。有了这样的超光速飞船，我们就能够经过时光隧道在前世今生和下一世中自由来回。霍金教授的理论好比童话，让一个个天真的人信服。我也得知，如果太阳真有熄灭的那一刻，那么在太阳还没有熄灭之前，由于引力等原因，地球就已经不存在了，地球上的一切，早在那个八分钟之前就已经彻底不再有镜像了，所以，数千年前夏朝人所想的"时日曷丧，予及汝偕亡"也只是一场空想。此刻，我才觉得我的人生多么狭隘，这么一个小小的疑问，竟然三十年后偶然通过路边的书摊才弄清楚。

虽然我在三十多岁时才确切知道，我们看到的太阳是八分钟之前的太阳，我们看到的星星可能是几亿年前的星星，但是我却不伤感，毕竟我知道了真相。连孔子都说："朝闻道，夕死可矣。"我的心略微轻松了一些。要不，我还会愚昧地以为"星星还是那颗星星，月亮还是那个月亮"。其实，星星早已不是那颗星星，月亮也不是那个月亮。星星只是过去的那颗星星，月亮也是过去的那个月亮，我们所见的，只是一个星月童话，是星星和月亮留下的镜像，或者说随时间远去的星月们留下的影子。

那英甜腻而略带苍凉的声音还不时在大街小巷飘荡——"借我，借我，一双慧眼吧，让我把这纷扰看个清清楚楚、明明白白、真真切切……"然而，即便是有一双慧眼，我想，也只能看到这个世界留下的镜像。因为，只有当你以光的速度追赶上前时，才能看到这个世界的真实面目。然而，除了时光本身，谁还能达到光的速度呢？没有。所以，没有谁能借给那英一双慧眼，在这个世界上，除了光本身之外，没有谁的眼睛能够达到光的速度和光的穿透力。因此，在这个以镜像存在的世界，难免看错人做错事，更何况我们又时常面临那么多雾里看花、水中望月的时候。

镜像中的世界，蝉蜕般的人世，我们如何雾里看花水中望月呢？哪一个光鲜的身影背后是一地污秽？哪段美好的爱情后面是虚假的表演？哪句甜言的下面暗藏着赤裸的肉欲抑或带血的陷阱？其实，我只是想说，我也想向谁借一双明亮的慧眼，看清镜像中的世界，然而，这却是多么的艰难。其实，我只是想说，这个世界，镜像与谎言错综复杂，大大小小的纷扰尘事，什么时候才会真相大白？什么时候才是最后的解密日？其实，我只是想说，在这个世界上，人生只有两种，平淡无奇的和波澜壮阔的；生活也只有两种，穷奢极欲的和穷困潦倒的；理想也只有两种，梦想成真的和梦幻泡影的，当然，也还有事业、家庭、爱情，都不过是那两种拼拼接接，分分合合，有的在其中眼花缭乱，无所适从，有的则超然物外，静看变幻，把玩镜像，如同远观一出出人间闹剧。

在这个人世间，肉身总有逝去的一天，肉身的镜像也必将日益苍老陈旧，当肉身的镜像不再丰盈多姿的时候，用什么来填充这具生命的外壳？我时常看着一具具肉身的镜像，思考着它繁华褪尽或者悲苦终结的时刻。但在肉身之外，我还看到了肉身的另一个镜像，如同肉身和它的灵魂。我看到的肉身的镜像与肉身灵魂的镜像总是没有重合的时候，灵魂的镜像总是远远地站在肉身之后，它们各执一端，在两个方向上奔跑。在时光的通道中，肉身总是被一帧帧远去的镜像一层一层剥蚀得日渐苍老羸弱，最后连生命本身也成为镜像。留下的，除了那些镜像，什么都不会有。那些肉身的镜像，最终只是以光和影的形式定格或者以更加抽象的文字或者别的语言符号留存，于是，肉身和那些承载在肉身上的智慧、悲欢、荣光、耻辱，都归于蝉翼般的镜像，根本不足以用质量来度量，只能用意义来表述。然而，在另一条道路上奔跑的灵魂的镜像，则在肉身日益单薄的时候抑或越加丰满厚重，在一具具肉身的镜像远去之后，这些灵魂的镜像则以文字、画面或者音乐的形式流传久远。

　　肉身的必然消逝，是镜像天然可贵的根源。当肉身在欲望、金钱、虚荣的包裹下轰然倒塌时，那最后的镜像已必然模糊。在物欲之外，让镜像更清晰，让镜像更久远，是一种多么艰难的坚守。

2010年4月26日

（刊于《作品》2010年第9期，

《散文选刊》2010年第11期）

出生地

对于任何一个人来说，许多东西是别无选择的。

比如生命，在一个人出生的时候，他不可能选择自己出生的地点、家庭、性别乃至国籍。要不然，肯定没有谁愿意出生在贫穷战乱的地方，必定有大批的人涌向唐朝、中世纪的欧洲或者古波斯帝国。如果真能转世的话，可能每一个人都愿意重新投胎再出生一回。因此，从这个角度来说，人生其实是多么偶然。既然是偶然事件，所以人生若重或者人生若轻，都有理由。

我在认识文字之后，就开始琢磨这个问题，如果我换一个地点出生是个什么境况呢？当沉重的麦子、苞谷或者谷子压在我稚嫩的肩膀上的时候，我会在灼热的阳光下想，如果我出生在一个富裕的人家，那我一定是会在树荫下吃西瓜，还要冰镇过的那种。其实，我在没有进城之前，都不知道西瓜是什么。但，我也同时会想，如果我降生在动荡不安的中东，那我背的不会是粮食，只能是企图挡住尖锐弹片的破衣裳了。于是，我觉得我幸福，又蹬蹬蹬努力在山路上前行，如果能在累得快倒下的时候恰好遇到一块可以歇脚的大石头，就欢喜得不得了。

　　周末放假，大家都要饿着肚子爬几座山才能回家。山间有一条宽阔的大路，虽然拐过一个弯就看不见了，但是我们都知道，路的那一头就是城市。我就想，如果我父亲能把房子修到城市里多好，那我肯定就不会这么辛苦地跑几十里路上学了。别说是把房子修进城里，是城郊也行；别说是城郊，能够再接近城市一点的地方也好。我出生在离县城很远的一个小山村，如果在村口小河沟里撒泡尿，流经三个县都还能闻到臊味。于是，我经常幻想着，如果我爷爷能够把房子修得靠近城市一点，我父亲再修靠近一点，那多好啊。

　　对于城市，我在十五岁之前是模糊的。我在十五岁之前没有到过县城，就连村子二三十公里外的小镇也很少去。城市的意象全来自村民们的闲谈和偶尔一场的露天电影。再后来，黑白电视机进村后，城市就变得生动起来，但是没有色彩。直到彩电和录像也进村后，城市对我的诱惑更加强烈了。如果要说梦想是什么，首先就是进入城市，进入更大一点的城市。城市有农村期望的一切，城市有实现梦想的一切机遇。虽然多年之后，我才发现这原本是个错误，但当时是城市以及城市里的一切美好在引诱着我。

其实，我爷爷完全有机会把房子修得靠近城市一点。因为我爷爷是个正儿八经的"国家人"，准确地说，是民国时期的小学教员。我在我家正房的木楼上翻出来过，一张蜡黄的破了边边角角的草纸上，有个大红印章，是一个叫何本初的县长委派我爷爷到一个叫柘坝的地方任教的公函。后来，我才知道，柘坝是在我时常撒尿方向上的另一个县的一个小镇。就在我写这段文字的时候，我对何本初这个人产生了兴趣，于是在网上搜索了一下，查到了一段话：

何本初(1900—1956)，陆军中将，四川永川人。1928年任四川省蒲江县县长，后历任彭山县、邛崃县、岳池县、仁寿县、夹江县、叙永县县长，1945年任四川省第14区（剑阁）行政督察专员兼少将保安司令，1947年春任四川省第16区（茂县）行政督察专员兼保安司令，1950年3月3日在四川茂县率部起义，旋在赴成都途中叛逃，任川康边区反共救国军中将副总指挥，1953年5月在西康阿坝被俘。1956年在成都于关押中病逝。

然后，我又在网上搜索了一下我爷爷的名字，却都名是人非。唉，除了我，还有多少人记得他呢？我家保存着一份花名册，是当年剑阁师范的，毛笔工整地写着我爷爷的名字和其他我不认识但非常感兴趣的别人的名字和他们的出生地。我也因此知道了鹤龄、金仙、公兴等这些陌生的地名。

　　我想，如果我爷爷不那么早地回到村上，他肯定至少会把房子修在我们周边哪个离城市更近一点的地方。虽然我老家的房子曾经是一个四合大院，有高高的华丽门楼，有粗壮的油漆柱头，有雕花的石质礅磴，但由于它离城市太远，我一直不曾留恋。我知道，我爷爷能在乡下修好那么气派的房屋，他肯定也能在城市修几间小房。可是，他并没有这么做，他是不是没有我这么有远见卓识呢？我不能埋怨谁。我知道，在巨大的洪流中，一滴水的命运只有随波逐流。

　　现在不少乡下的教师都在城里买下了房产，我相信，我的这个要求对我爷爷来说并不算高。然而爷爷过早地把生命终止在了六十年代的某个凄苦夜晚，让我的一切幻想停留在我家门前不远的山坡下。我每次经过那边，都要望一望树丛中那个长满了青草的小小土堆。爷爷去世的时候，我父亲十三岁，我二爸七岁，很快改嫁的奶奶又让我的梦想再度受挫。孤苦伶仃的父亲自保不及，当然没有办法去实现我的梦想。当然，我父亲后来也是有实力把房子向城市靠近一点。在我上中学后，勤劳的父母已经半农半商，把我家建设成为村里少有的万元户，但是他们更多的心思花在送我们三兄妹上学的事上，没有精力想到向城市进军。于是，这计划就一搁再搁，轮到了下一代的我们身上。

由于爷爷占据了那一小块土地，于是那个村子便成了我的出生地，也就是我现在的故乡。我想，这又是多么偶然。如果我爷爷不在我们那个村子结婚生活，那我父亲的出生地和我的出生地又不知会在什么地方，或许只能说祖籍是在那个叫彭家的村子，就像我们现在说的我们的祖籍在湖北麻城孝感乡一样，到那时，彭家对我将会是与麻城一样的遥远。

我对出生地这个问题一直苦苦思索，却不能有丝毫改变。从彭家到我现在居住的小县城，不足八十公里，我却整整跋涉了二十年。如果我爷爷当年就着手行动，如果没有世道的变故，如果没有命运的突变，他完全能够像我一样，把出生地变成自己的故乡。虽然我父亲自力更生，苦心经营，却不能突破常规，把自己生活的圈子与城市靠近一点点，但是在我能听懂话的时候，他就时常告诫我们几兄妹：要投奔大城市。在我们对生活还理不清的时候，他就早早地在思想上给我们启蒙，事实上，当我最后一个把户口迁进这个小县城的北城派出所的时候，父亲的意愿最终实现了。我的姐妹通过婚姻早早地改变了户籍所在地，而我却没有那么容易，我前后足足花了二十年。父亲朴素的愿望与我当年的幻想一样，如果要说得直白一点，我只能这么说，那就是追求幸福和自由，这当然也是人类共通的理想。

二十年后，我进入一个小县城，在水泥制品间来来回回，我期望遇见当初的梦想，比如一次美丽的相遇，一个成功的抵达，一回欲望的满足……可是，现实比水泥还硬。我不得不说服自己，放弃一个又一个理想，在知足中让自己快乐。除了出生地，还有学历、背景、性格、经历、人际关系等重重阻碍不得不让我几近麻木地生存，我从农村追寻梦想到了城市，才发现自己走进了一个更大的黑洞。

虽然，我现在能如此舒服地坐在电脑前，想想我的出生地和我的故乡，但这其实是我最难遇的一刻超然时光，转瞬即逝。我觉得，我们这三代人，就像三张布，哪里破了，就补上去一块，缝在一件叫家族的衣裳上。只不过有的布大，有的布小，有的布精美，有的布粗糙。男孩子，就补在自己家族的衣裳上，如果是女子，就换件衣裳。这些衣裳就这样花花绿绿、新新旧旧、洋洋土土，在时光中流转，在人世和阴间轮回。

我不知道我爷爷是什么样子，我不敢问我的父亲。我悄悄问过村里别的老人，他们说我爷爷高高大大，面宽脸白，笑声可以传出好远。我只有时常张望那个叫灯盏窝的小山坡，聆听茂密的草木间传出的风声和不远处山沟里哗哗的水声，想象爷爷的样子。至于我爷爷的爷爷、爷爷的爷爷的爷爷，对我来说只是三个汉字，在屋后的石碑上还能找到。如果再向上数几辈，我知道的只是湖北麻城孝感乡了。我想，自从湖广填四川后，我的上几辈人守住了自己老家，生息在这块土地上，有始有终，他们的人生在精神上也是完整的。

小时候，我参加过家族的一些喜事与丧事，翻过几座山，从中午走到天黑，在热闹或悲泣中，听长辈们讲述家族的故事。多数是我们家族的女儿嫁到另一个家族，或者另一个家族的女儿嫁进了我们家族，于是许多我不认识的人拐弯抹角成了亲戚。面对一个一个陌生的面孔，我知道我们血管里有一部分血液是相同的。但如果不是这些红白喜事，我们则是陌生的路人；在这些红白喜事过后，我们基本上还是路人。对于一个必然远嫁的女儿，故乡，或者老家，都是独有的，但也是暂时的。所以，当我听说"一辈亲，二辈表，三辈四辈认不到"的俗语时，感到非常无奈和悲伤。

我出生在哪里，哪里就是我的家，就是我的故乡，那里有我的祖坟，那里有我的祖业。所以，湖北麻城对我只是一个传说。然而，我的女儿出生在这个小县城，我的故乡她至今都没有回去过一次，她以后还会把我的故乡认作她自己的故乡吗？我不知道。但可以肯定，再过几辈人，彭家将也会与湖北麻城孝感乡一样，成为我们这个家族一个遥远的传说。

毋庸置疑，对于故乡这个概念，自从我离开家的那一刻起，我就知道，我们这一代将会有一个精神的断层。我的出生地与我的生活地把我的精神世界分成了两块，无论在哪里，出生地那一块总是厚实地铺在最底下。然而对于我的女儿来说，她将必然在我的引导下，在这两个层面间奔跑，不管是记忆或者是遗忘，对她来说，肯定都是非常艰难的。因为，她也将有她自己的精神空间，在两个不同的精神空间交错，必然有冲突和妥协。

无数个与我的女儿一样的人又将在自己出生地与生活地间来回，思考，汇入芸芸众生，一直向前，让出生地的传说一个章节一个章节往下传，或者一个片段一个片段遗失，消融到这个星球的每一个角落。

纵然，站在另一个星球上看我们的出生地，还没有一粒尘埃那么大；站在历史的长河边讲述我们的出生地，完全无足挂齿，可是，我们却永远属于它。

我的出生地，也就是我的故乡，叫彭家，就是一粒尘埃那么大的一个地方，就是除了我，别人毫不在意的一个地方，就是我千辛万苦最终逃离却永远也走不出的地方。

出生地，是我万劫不复的宿命。

2010年1月2日

（刊于《山花》2010年第5期）

染房头（组章）

染房头

染房头，其实只是一套早已壁散垣销的四合院。

早年，这套大院的主人曾在院内开铺设坊，染布印花，于是，染房头便成为这个院落的名字，成为我们家族在四川起根发脉的源头。都说我们的祖籍是湖北麻城孝感乡，我曾在地图上仔细找过，没有找到孝感乡，只找到一个与麻城毫无隶属关系的孝感市，孝感市肯定不是传说中的孝感乡。那么我们的祖籍到底在哪里呢？我们到底来自何方？除了源自"湖广填四川"的一些支离破碎的传说外，谁也不清楚我们从何而来。每次想起传说中的祖籍，我便感到莫名的感伤和孤独，家族来路不明，生命去向不清，俯仰之间，四顾茫茫，不禁悲从中来。

几十年来，填写过大大小小的各种表册，每次在籍贯栏中，都是按小学入学时老师吩咐的那样填写着我的出生地，于是，深藏在四川北部群山中树荫下那个叫染房头的院落，便成为我血脉相连的祖籍。

　　从我的记忆开始，染房头就已经没有丝毫与印染相关的痕迹了。只是小时候听我爹说过，我们的祖上是开染坊的。把细腻的绸或者粗糙的布踩进盛有兑成各种色彩盐水的黄桶里浸泡，过些时间捞上来，晾干，就成了花花绿绿的布，能做成各式各样的花花衣裳。自此，我才得知，原来所有的衣裳最初都是棉麻或者丝般的白色、土黄色。棉绸的本色竟然是白色，这是我从来没有想到的，但这种本色却是我小时候最不喜欢的一种颜色。白布不漂亮不经脏，而且不吉祥，农村有人去世后，披麻戴孝的都是白色，看着都心悸。后来，我在《诗·豳风·七月》中读到："七月鸣鵙，八月载绩。载玄载黄，我朱孔阳，为公子裳。"才得知开染房是一个十分悠久并卑微的行当，虽然卑微，但是绚烂。

　　行走贩卖为商，开铺售货为贾。我的祖辈没有留在湖北麻城老家当坐商，而是远离故土，走南闯北，成了行商。他们偶然经过川北深山中一处藏风聚水的小山湾，抑或由于爱情、灾难或者别的无可猜测的原因，便停驻下来，然后修房立屋，安家落户，繁衍生息，从此与老家麻城远远隔离直至断绝。我想，我的祖上无疑是这方的大户，经商多年，家底肯定殷实，才能选中这块平坦的庄稼地，大兴土木，为自己和子孙留下高楼大宅。这个四合院有高高的楼门、粗实的柱子、华丽的雕刻和精美的窗花。在我们院子周围，还围着十几棵要七八个成年男子才能合抱的大柏树，在这排参天古柏的庇护下，染房头躲风避雨历经数百年而风貌依旧。染房头，是祖辈们精心照料的一季最为荣耀的庄稼。

院子后面的高台上有座高大精美的石碑，上面有不少浮雕和文字，斑驳的彩画和出自《论语》的"祭如在"三个石刻大字露出浓郁的沧桑。这些隐隐传递出厚重和神秘的遗物，绝非贫困人家所能办到。我因而觉得我的祖上不仅富足，而且还应该算得上是书香门第。我小时候看过几个健在的祖辈的毛笔字，也听他们背过"四书""五经"，感觉他们的国学功底非同一般。别的不说，仅凭他们的名字，我就能闻到一股浓浓的家族墨香。登宰、登庸、光爵、光禄、光普、光昭、光耀、国藩、国政，这是按我们氏族辈分排列的祖上三代人的几个名字。在这三代人中，有一个私塾先生、两个民国教员和三个中学教师。穷乡僻壤，一家子能有这么多吃笔墨饭的，其家底肯定富足，其家风必然严正。品读祖辈的那些名字，我就知道染房头曾经文墨昌盛，但是，我也从中发现了一个秘密，从那时起，我们家族肯定已经开始从经商转向耕读了，这是一个由商向儒的巨大转折。

从商向儒的转变，让我可以隐隐猜测祖辈的心迹，在历尽商海的辛酸和沉浮之后，虽然家道中兴，生活富足，但是，身处士农工商"四民之末"的那份深藏在内心深处挥之不去的自卑就越发强烈，弃贾从儒、业儒入仕便成为家道的首选。于是，"由贾入儒进仕"便成为我们家族的终极关怀。我们家族从麻城颠沛流离，艰难入川，在解决了生存危机之后，便开始追求社会地位的提升，于是教育家族的子弟们由贾入儒。然而，这却导致了家族商业资本的损耗，影响了经营的扩张，竞争实力逐渐削弱。一心向儒，贾事必衰，于是，家道慢慢衰落。商贸繁荣的染房头悄然转身，成为书声琅琅的私塾。

耕读传家从此成为染房头的头等大事。多少年来，染房头浓郁的世袭家风和针针线线、纸纸墨墨的陈旧时光，在岁月的窖藏下，散发着刻骨的香。梅雨时节，染房头的孩子们都在阶檐下搭个小板凳，坐在地上写字算数，男人们则靠着柱头编背篼、撮箕，姑嫂婆媳几个便围在一起拉家常纳鞋底。农事与学业成为染房头最受关注的话题。染房头的男人们从来不敢三五个聚一起打长牌或麻将，一经发现，老人们都要叫骂这种败家行为，还要拿起拐杖打人。谁家的儿女读书努力，谁家的儿女写字工整，便成为长辈们传颂的对象。朝朝暮暮，染房头呈现的都是一种延续百年的勤耕苦读琴瑟和谐的安宁气象，早年谈质论价，买进卖出的喧嚣也归于书声中的宁静。

然而，书声没有延续多久，染房头却又一次面临命运的大转折。

在我五六岁的时候，这套香尽尘生的四合院开始分崩离析、化整为零，叔伯们都自立门户，择地建房。早年在院子里四处乱窜的堂兄妹们也随家搬了出去，很少回到老院子玩耍。他们一个个都慢慢长大，远离家乡，在一个个遥远的地名里打工求学，然后恋爱结婚生子，几十年杳无音信。联络我们的，只有家族某位长者去世或者某家完男嫁女时，突然的一个电话，邀请我们回乡祭奠或者庆贺，然而大都抽不开身，只得一再缺席。染房头的子孙后代，如同一串烈日下炸开的豆荚，那些豆子四处散落，各自落地生根，在自己的季节里开花结果。唯一不变的，除了那些暗藏在血脉里的遗传密码之外，就是永远也不会更改的家族姓氏。

祖辈们从湖北麻城孝感乡出发，犹如一朵小小的蒲公英一路风雨飘摇，直至在千沟万壑的川北深山降落，然后繁衍生息，聚族而居。染房头，一座普通的四合院，就成了那次移民大潮的一个民间旁证。然而，染房头的油彩尚未落尽，它又经受解析之变。染房头的子孙们则再次背上行囊，像自己的祖辈一样，告别耕读，南下广东，北上西安，在一个个叫开发区、工业园区的地方寻找工地和工厂，安放自己的生命。他们回乡也罢，不回乡也罢，想家也罢，不想家也罢，要故乡也罢，不要故乡也罢，染房头都是浸染着他们脐血的老家。可是，对那些在异乡出生的孩子，染房头又是他们的什么呢？他们会回望那个生养自己父母的地方吗？他们或许会与我们的祖辈一样，将会在一辈辈的回望之后，把家乡彻底遗忘。

我的祖辈，哪代到此安家？哪代经营印染？哪代耕读传家？哪代撂荒进城？许多东西我已只能凭空推测，染房头这个手工作坊的兴盛衰落，对我来说如同传说。染房头在经历土崩瓦解或者涅槃新生的那一段庸常时光，我是见证者。染房头从门庭若市到门可罗雀，染房头从彩布翩翩到翰墨浓浓，那是一段何等曲折的岁月流转？那是一段何等沧桑的世事变迁？我不知道，我将如何走近那段裂变的往昔，我不知道，我能否用自己钝拙的笔触再现那段浸透血泪的民族迁徙和家道的一次次转折。我珍藏着染房头的所有记忆，静静等待回溯并抵达的那一刻。

染房头在川北深山中悄然落幕，成为一次民族迁徙中一片迟迟飘落的黄叶，成为一曲无人唱和的旷远山歌，成为耕读时代最后的一道难以跨越的门槛。虽然，染房头的尘埃尚未落定，染房头的子孙却如流水般跨过那道陈年的门槛踏上了背井离乡的漫漫旅程，去寻找人生的下一个出口。一代一代，南来北往，冬去春来，他们把故乡全遗忘在远方，把生命都留落在他乡。

染房头，也如我们的祖籍之秘，必将成为我们家族下一个悠远的传说。

楼的门

四合院都有一个高大的楼门，那是院子的脸，其实应该叫院门。

染房头也有一个高高的楼门，楼门下是没人细数过的几级石梯。宽宽的石梯用坚硬的青石条凿成，上面细密的凿痕均匀排列，像一垄垄齐整的麦行，这些四楞的上线的石条我们当地叫"通子"。石通子纵向的凹槽一字排开，能防滑、导水、存灰，不管是晴天雨天，从这石梯一路上去之后，外面大路上的泥水便全被阻隔在院子之外。

楼门进去有一条宽长的通道，两边墙壁顶上挂满了燕子窝。春节过后不久，回家过年的儿女们又外出打工去了，离家的燕子们便飞了回来，从村前的水塘边衔来春泥，挤牙膏一样吐出沾在紧挨房顶的地方。几天过后，一个半勺形的燕子窝便垒成了。刚垒成的燕子窝还没有完全干透，一半边湿一半边干，干的半边白湿的半边黑。燕子在头顶搭窝的时候，孩子们便成天趴在墙角，用小棍在土灰里找"地牯牛"。地牯牛是一种很小的胖虫子，全身都是肉和脚，孩子们用麦秆把它们从灰土里捉出来后，又看它们往土里钻，如此反复。孩子们趴在地上找虫子时，燕子们往往会拉下一团屎，落在孩子们的头上或肩上。燕子屎是白的，用手一抹，像是一团豆渣。燕子一拉屎，孩子们都要齐喊：

> 燕儿窝，燕儿岩。
> 燕儿的婆娘穿红鞋。
> 会吃烟，会打牌。
> 半夜半夜不回来。

这个民谣到底是什么意思，后来我才知道，原来是村民们取笑村子里一个懦弱的男人，他的小名叫燕儿。当孩子们对着燕子喊叫的时候，纯属误会。

院子里还有一种绿色的昆虫叫"推磨虫"。全身油绿，时

160

常在阳光下飞。孩子们发现后便举着扫把四处追打，把它从空中拦截后，便找根线拴住它的一只后腿，然后再在离腿不远处拴块小石子，这样，只要虫子一飞，小石子便拽紧它，于是它只能围着小石子打旋旋，像牛在磨盘外推磨。只要"推磨虫"一转起来，大伙都要围着不停地笑闹，这才是最精彩的表演。燕子是不是去年从染房头飞走的那只？小虫子是不是一直居住在这里？孩子们从不关心，毕竟孩子们还没有经历过离别。

楼门过道里的土路踩得光滑坚硬，光脚板走上去冬暖夏凉。过道进去就是一个四四方方的院子和平展展的石板院坝，染房头的故事就在此一辈辈上演，但是孩子们仍然喜欢在楼门下玩。楼门有粗实的柱子和密匝的椽子，能遮风挡雨。楼门下的空地上安了一个大石磨和大石碾。孩子们时常围着巨大的碾碌石磨吆牛碾米或者磨面。大大的石磨盘石碾盘外的泥地上，已经被牛蹄踩出了一圈细灰，光着脚丫走上去，松软温和。但是，最倒霉的就是突然牛拉屎或者撒尿了，冒着热气的粪便一路撒在泥灰上，扑腾起一股轻轻的烟，谁也不敢光着脚往上踩了。碾米磨面的时候，孩子们就要拿根树枝，打牛快走，同时还得提防牛突然向碾盘磨盘伸出长长的舌头。它流着涎水的粗糙舌头一探过去，卷在舌头里的面或者米就够我们吃一顿，父母舍不得浪费这些粮食。

在碾磙和磨扇上，都有一个粗实的木架，牢牢固定在石碾磙和磨扇上，一端插入根木杆，用绳子拴在牛肩的木枷上。只要吆喝一声"走"，蒙着蒙眼壳的牛便自觉地一圈一圈像钟一样，拖动着秒针一样的木棒和沉重的碾子或者磨盘转动，碾磙或磨盘下的谷子麦子转眼变得粉碎。现在想来，乡下的生命就是这样在岁月一轮一轮的重压下变成了尘埃。

磨面还有更多的细节，把麦子倒进磨孔，经过磨扇的肢解，那一粒粒饱满的麦粒便成了粉嫩的麦瓣，再把这些碎瓣撮进磨孔，如此三四遍后，才把这些灰白的粉末撮进箩子，在箩面架上把箩子来回推拉，细细的面粉就透过箩子的绸孔，静默地落进箩箕，只一个来回，箩子下的箩箕上就铺上了一层薄薄的雪，至此，麦子才算抵达它生命的另一个站口，接下来的生命演绎才开始以面命名。如果是碾米，要把碾盘上的碎米连糠在风车上过一遍，吹糠见米后，再用粗孔的筛子选筛出大石块，然后再用细孔的细筛子选出碎米和小石子，亮晶晶的米粒便可以装进陶罐陈放了。

我们吆牛，就是顺着碾盘磨盘跟着牛屁股一转一转地走，走不了几圈，就头晕目眩想呕吐了。母亲告诉我不要看磨盘，只看牛就不会晕。于是，我便研究起拉磨黄牛的细细绒毛、长长尾巴和粗大鼻孔，沉醉于一群黑黑的苍蝇与牛的战斗。在牛的尾巴与耳朵的能力范围之外，苍蝇仍有许多安全的偷袭处，庞大的牛面对小小的苍蝇，却如此无能为力。于是，我便拿了根粗实的木棒，专等苍蝇歇稳之后，便猛地用木棒一端顶上去一旋，苍蝇们便扑扑地落进土灰，而牛却不会有打击的疼痛，木棒一端有时还有淡淡的血迹。围绕着一张小小的磨盘，生命的链条竟是如此环环紧扣，如此此消彼长。

少年时，最怕打雷下雨，特别是暴雨。暴雨铺天盖地地下着，地上很快就成了小河。只要父母在家，我们就会到楼门前看路上水淋淋的行人。楼门前有一条大路，直直地贯穿着我们整个村子。楼门里干干燥燥的，我们几个光着脚坐在楼门的门槛上，或者坐在石梯上，看一个个挽着腿、戴着雨帽披着蓑衣的村民们在雨中飞奔。大路上有不少小石板，在雨水的浸泡下，石板下的泥土已经松动，踩上去便会压起一股泥浆，弄得满身满脸都是。我们时常躲在楼门下，看那些满脸是泥的行人的可怜相。要是父母们还在地里干活，我们则眼巴巴地等父母回来。有时天黑了，父母还没有回家，楼门口便哭声一片，呼唤父母的声音和哭声起起落落，在雨声中交汇，成为童年最悲泣的记忆。

楼门的阁楼上，堆了不少麦草，我们与鸡时常过去。鸡主要是去下蛋，我们则是捣蛋。只要听到母鸡在"搁了个个蛋"

地叫着的时候，我们就会相约跑过去寻找鸡蛋。从麦窝里找出的鸡蛋还热乎乎的，孩子们有时则偷偷地把鸡蛋打开一个小洞，轮流着一人喝上一口，把这个生鸡蛋瓜分了，然后咂咂嘴躺在松软的麦草上做童年最幸福的美梦。

楼门在院子里是公共的，祖上们在修建时没有想到楼门也有被瓜分的时候。祖祖辈有五个儿子，过继给人家了两个，余下了三个住在染房头。可是到了父亲那一辈的时候，叔伯们都结婚生子，然后分家立业，孩子们也越来越多，四合院已经住不下这些老老小小的了，于是决定拆分老院子，搬出院子自己修房立屋。首先拆除的是公共的楼门，拆下的柱子和瓦片堆成了三堆，三房各出一个长子一起抓阄，谁中了哪堆就拿回哪堆，多少亏欠都不会说。一个上百年的老屋，最先是从公共的部分开始瓦解，这似乎隐藏着人世更多的哲理。

楼门拆除后，四合院就像缺了门牙的老人，一天天衰老下去。这三房的孩子们都相着各自的宅基地，筹划着搬迁，四合院里的人家于是东一家西一家地在附近的自留地里挖起了地基，把老房子的木材用水泡过之后，再刨光，这些跟新的一样的木料全加到了新房上。四合院开始做起了减法，变成了三合院，变成了长排楼，变成了半边角，到最后，连半边角也在旧址上变成了高大的砖墙新房，过去的篾墙板壁早也当成烧禾生火煮饭了。

染房头的四合院早已拆光了，楼门的地方已开成了菜地。石梯保存了一段时间，供人家上上下下，但是没过几年，石梯的通子石也分到各家各户。又过了几年，那里的路干脆改道了。

楼门的位置，正对着大路前面新修房屋的后檐，雨天流下的屋檐水一遍遍冲刷着当年大院的入口，仿佛是新房与老院在做最隐秘的交谈。染房头的记忆也正如这块人去楼倾的老宅基地，在岁月的洗礼下，一天天模糊远去。

院外的柏树

染房头院子外有一排参天古柏。虽然只有十多棵，但是站在对面山上看，好像有面巨大的翠绿华盖护罩着染房头。

巨大的树干没有人能够攀爬，人们只有仰头才能张望那些粗壮的枝膊，墨绿的树枝遮在半空，是无人企及的领地。远道而来的白鹭选中了这个高度，在那些柏树顶上安了家。几十只白鹭成群结队，每天一早，它们就"嘎嘎"歌唱着向东边飞去，到了下午才回来歇息。村子东边的山下是一条大河，早年河流还没有被拦腰截断时，只要河流拐弯的地方，都有一大片河滩，那些白鹭们就成天守候在河边等待小鱼。我时常会在我家的屋顶上发现大大小小的鱼骨头，就知道那是白鹭从河滩上打包回来的剩饭。

白鹭居住在我头顶，但是它们从不飞到院子里或者房顶上与我们联络感情。它们只到村前的水库边或者村外的水田里干自己的事，只要发现风吹草动，它们便乘风而去，只在身后留下一个华丽高贵的身影。白鹭，就这样在村子里离村民们远远地生活着。多少年来，村民们牵挂着头顶的白鹭，偶尔也埋怨它们醒得太早睡得太晚，如同埋怨隔壁的邻居。

我家后门外原有个池塘，旁边有柳树，中间有假山，水面布满水葫芦。夏天，染房头的孩子们便在池边捞上水葫芦，把那个葫芦一样的茎捏得啪啪直响，或者摘下水葫芦下长长的根须，拧干水，扯根棕榈树叶子把根须拴成一串，挂在下巴上当胡子。玩累了，干脆躺在大树下池塘边的石头上看白鹭。晚归的白鹭在天空写了个"人"字，我们却称那是铧头尖，像是被泥土磨得雪亮的犁铧高高地挂在天空。成群的白鹭吵吵闹闹地靠近树枝，张开翅膀，伸出长长的腿，弯曲着稳稳地停在树上。大伙看到白鹭回来了，都要捂住嘴巴说话，不然从天而降的鸟屎可能会径直落进嘴里。

大柏树下是一片竹林，一丛一丛的慈竹密密地填充着柏树下的缝隙。院子后面的山坡上，除了竹子外，基本没有别的植物了。地上是厚厚的竹叶，踩上去软绵绵的。在柏树根部，只有一片光秃秃的黄土，那里一年四季干燥洁净，就是下大雨，树下也只是偶尔滴上几点雨水。所有的雨水都被浓厚的树枝挡住，顺着枝干流下渗进松软的树皮，或者存进某个枯槁的树洞。大树下寸草不生，正好乘凉，每年夏天，我们都要把碗端到竹林后面去乘凉吃饭。有一天，我突然省悟，头顶大树，大树下的一切固然可以得到荫护，但是它也同时挡住了阳光和雨露，竟让树下成为生命的禁区。一个家庭有时也是如此，父母过分强势了，也会让儿女性格懦弱，碌碌无为。这几棵柏树长成了参天大树，树下却没有生出一棵小树，更没能哺育出一片树林，它们是永恒的孤独者，甚至是传承的失败者。

树犹如此，人何以堪！前人早有定论：富不过三代。染房头墙外十几株高大的古柏参天而立，不会是祖上给后辈们的暗谕吧："道德传家，十代以上，耕读传家次之，诗书传家又次之，富贵传家，不过三代。"

八十年代，几条公路弯弯曲曲地伸进了山。随后，村里的男子们都组织起来，到山下抬水泥电杆。两排壮年男子用木杆抬起拴在电杆上的绳子在弯曲的山路上蠕动，如同一只只巨大的蜈蚣。村子要通电了，再也不用"当场天"上场打瓶煤油照亮了。可是村里穷，村民们没有办法凑够那些买电线电杆的钱，后来大家商定，砍了较小的一棵柏树，锯成小段，运出了山，换回了全村的电线电杆。人的年龄是写在脸上的，皱纹越多，年纪越大。而树的年龄则刻在心里，只有把树拦腰切断，才能数出它的年轮。可是，当能数出树的年轮时，树必然已经腰斩了。所以，树的年龄是个不可告人的秘密，除非它死。树就这样保守着自己的年龄和秘密，如同一个工于心计的女子或者一个意志坚定的战士。那棵为全村牺牲的柏树心中到底有多少个圈，我也没有数清，只感觉那个断面如同一个深深的旋涡，深藏着许多无法猜测的秘密。

后来，我得知了一种可以估算树的年龄的"树围估算法"：从树木距地面1.3米处，量出树的腰围，再以每2.5厘米代表一年，用树围数值除以2.5厘米，所得即为老树的粗估树龄。那年为村上安电砍下的树有三个成年男子合抱那么粗，应该是4.5米，这样算下来，那棵树应该生长了180年。真想不到，那棵树居然是百年树木。十年树木，百年树人，那么百年树木呢？

我发现，染房头屋后的那些树粗细不一，由此看来，它们并不是在同一个时代栽下的，一定是祖辈们一代一代栽下去的。其中最粗的那棵三杈树，从树干上十米处分成了三个树杈，而那三个树杈又长成了巨大的树干。这棵三杈树要五个成年男子才能合抱，估算一下，那棵树应该有三百岁了。可以估算，这棵三杈树是在公元1710年前后栽下去的，也就是康熙四十九年。据史料记载，1710年，正是"湖广填四川"的一个高峰期。那年康熙大帝下令编纂《字典》，六年后《字典》编成，也就是《康熙字典》。我记得，我家曾有一本缺头少尾的《康熙字典》，我在上面认得了许多繁体字，那这本字典是不是与这棵古树同龄呢？这棵树是三百年前栽下的，那么从栽树的祖辈那一代到我这一代，按"三十年一世"来计算，已经有十代了。但是，旧时人们结婚较早，长辈们常笑话我们村里有一个先辈结婚时才八岁，结婚后与大自己七八岁的妻子一同回娘家时，走不动山路，还哭着要妻子背。既然如此，那再折中一下按"二十五年一世"来计算，我们祖上到这个村子生活应该是十二代了，后来，我让人查了一下我们家族新修的族谱，竟然十分吻合。我不由得惊异我的推测和世事的暗合，人世虽然短暂，但是留在后世的那些看似无奇的一草一木，竟然暗藏秘密。看来，那棵最粗的三杈树，就是祖辈们在修染房头这个四合大院的时候同时栽下的，栽树能给新居"藏水、避风、培萌地脉、化解煞气、增旺增吉"。我想，我得抽空回老家测量一下那些树的腰围，推断一下哪棵树是我的哪代祖辈栽下的，或许，还能从那些树间寻找点别的什么暗示。

或许，这些百年老树，是祖上留下的一个家族大典，它高居在染房头的房顶，俯视着院落中的子子孙孙，记录着家族的纷纷扰扰，全部存进大树的岁月年轮。树的一个断面，就是一张纹路清晰的光盘或者纸张，它们就那样一层层叠加在一起，仿佛装订成册的木书。

可是，记录染房头风风雨雨那些木纹的典籍谁能透彻解读呢？

绳绳线线

要体会一个女人的心思，其实在染房头这样的旧宅院里才是最好的地方。

女人，在陈旧的四合大院里，更多的是穿针引线、缝缝补补，其次就是生儿育女。

染房头的女人们与别的院落的女人们一样，在过门之前之后都要学会使针线。还没有过门的，就要在姑嫂那里学着扎彩底、做布鞋。扎彩底算是针线活的初级阶段。扯上两尺白布，对着自己的脚剪成个胡豆样子，然后用线缭边，把布边收拾齐整，再在脚掌脚跟处绣上喜鹊闹梅、鸳鸯戏水的图案。开始练手时，还只得先扎些三角形、菱形的几何图案，把手练熟后才能扎些复杂的图案。大姑娘家手劲小，穿针不利索，姑嫂就会让她们戴上一个白银的或者黄铜的顶针，套在右手食指上，当针穿不过厚布时，便用顶针抵着针头，使劲把针顶过去。姑娘们用针线还不熟，偶尔在想着这个彩底合不合邻村某个青年的脚时，手中的针就会乱走，直到把手指扎出血才回过神来。这时，她们也会学着姑嫂们把出血的手指伸进嘴里吮一下，然后压住，血很快就止住了。看姑娘媳妇们纳鞋扎垫，就能看到针尖游走的温柔。

订婚的姑娘家或者婚后的媳妇们，就要学习如何做布鞋了。先找来些旧衣布片理好，然后用温水调好白面制成糨糊，再把布片用糨糊沾在簸箕上，晾干之后就是布壳子，这些布壳再按照纸样剪成鞋帮和鞋底。鞋底要千层老白布经手工千针万线交叉纳制，所以纳鞋底十分辛苦。细细的钢针要密密麻麻地穿过一指厚的鞋底，如果不用劲根本穿不透。这时，顶针就显得十分管用了。为了把鞋底扎实，纳鞋底都是用麻索子来扎，麻索子线粗，耐磨。

麻索子一般都是自家手工制成。在自家房前屋后种上点黄麻，秋后便把黄麻砍下，趁湿用手撕下黄麻秆外的壳，然后用刀刮掉壳外的青皮，只剩下淡青色的筋了。再把这些黄麻的筋放在水桶里泡上半天，搓洗一下晾干，然后搓成细细的麻绳，就可以纳鞋底了。麻索子线粗，不易拉过厚厚的鞋底，妇女们都有自家的办法。在用麻索子之前，都要拿一粒蓖麻籽，一针扎过去，再把整段麻索子在蓖麻籽中反复拉几个来回，这样，沾了蓖麻油的麻索子就变得光滑细顺了，很容易拉过鞋底。不然，会拉豁不少针眼的。一双鞋的鞋底要扎个十天半月。晴天或者雨天，女人们都坐在矮凳子上靠着街檐下的柱头，边纳鞋底边摆些闲言杂语，说说各家的私房话，这是乡下最温馨的聚会。

女人们扎鞋底的时候，也都是在农闲，男人们有的在家睡懒觉，也有的在理蓑开始打绳索了。蓑从坡上割回来，在墙角晾干后，就可以打绳编索了。打索比搓线的工作量大多了。要先把蓑搓成细绳，然后才对折后一圈一圈地缠紧压实，这样出来的绳索才牢靠。农村用绳索的地方多，抬石头、吊玉米都要用粗粗的纤索。那些承重的纤索要反复对折缠压几次，绳索要粗，有时还得加点布条皮筋进去，这样更能承力。

线线绳绳，一个出自女人们细腻的手，一个出自男人们粗糙的手，但都牵连着全家的幸福。女人们做好鞋穿在男人们的脚上，男人们才能大步流星地用亲自打好的绳索抬着石板、石条飞奔，给自家带来更多的满足。谁如果在线线绳绳上偷工减料，都说不定就会鞋破脚伤或者绳断脚断。所以，乡下的男人和女人们在做这些绳绳线线的事时，都是一老一实的，因为手中的线线绳绳都牵连着心头的一个人。

绳绳线线，穿插着乡下的红尘烟火，缀连着农家的淡淡幸福。

磉[1]礅及通子

立木的四合大院在川北农村不再时兴后，单家独户的砖瓦房就开始在乡村散布开来。儿子多的，就按"长三间两边转带环房"来修，如果儿女少，就直接修个"两间一转一环带厦子"。所以，川北农村的房子都像个"凹"字形或者半"凹"字形。

在修新房之前，都必须先打地基。在选中的平地上用打磨好的石通子铺成三五个框，堂屋、正房、转角、环房、厦子的框架就成型了。铺通子，首先要从堂屋后正中开始摆放，还得"压主通"。通子石就是打成四楞上线的石条。在摆放主通之前，还必须找个阴阳先生选一个良辰吉日，时辰一到，才摆放第一个通子。在摆放第一个通子石之前，要杀鸡敬神压主通。如果希望子孙读书有望，就用红纸包上笔墨纸砚，埋在堂屋后正中的泥土下，再压上通子。如果希望后代大富大贵，那还得压点金银细软，家底厚的人家是包点银圆铜圆，家底薄的干脆就放上一元两元的人民币镍币。主通压了之后，就一块挨一块地把

---

1 磉：(sǎng) 柱子底下的石礅。

通子石按屋子地基垒好，把地基垒好之后，就开始立木栅子按穿斗式建房。富裕一点的人家，都不用木栅子，直接用砖砌柱子，还用水泥板当楼板。这些虽然洋气，但是在汶川地震之后，农村人住进这种房子多少有点心虚。

一扇栅子就是用大大小小的木枋把几根柱子穿连在一起，栅子两边的柱子矮，中间高，三五扇栅子一拉，用木枋把每扇栅子扣好，然后在栅子上面钉椽子，上盖瓦下筑墙，然后筑土墙编篱壁安门窗，冬暖夏凉的川北民居就建成了。为了房屋稳固，在每根柱头下面，还要垫上一个磉磴。

磉磴其实就是柱头下面的石头。但是，磉磴在农村十分讲究，从磉磴上就可以看出主人的身份或者家底。如果是贫困人家，干脆找个石头打成四楞上线的方磴就行。如果是富足的人家，磉磴就要精雕细琢。要么下面是个四方的座子，座子上再雕刻一个圆鼓的形状，这个算比较好的。还有更讲究的人家，还在磉磴上雕着莲瓣、蟠龙，还有镂空的雕花，雕上福禄寿喜等文字，精美无比。每家院落前都有几个柱子要露在人面前，那几个磉磴最为讲究，那就是招牌。在农村，从磉磴上就能看出排场。

能打好磉磴的匠人在乡下是最吃香的。打一个磉磴至少要一周或者半个月，先要在山上去选石头，要用铁錾子在石头上

174

打几下，看看石头的软硬。如果选中坚硬的石头，就在山坡上用大锤和铁楔子把石头划成大小合适的方磴，然后抬回院子里，石匠就拿把矮凳子坐在旁边打磨这个毛坯。开始几天，没什么看头，过个三五天，花纹雕塑就出现了，这下，成天都有不少人围着石匠看，直到礎磴打成，人们都还要跑到安放好的柱子下面看，仿佛是个宝。

染房头的雕花礎磴后来也平分了，我家分了两个，支在我父亲新修房屋的柱头下。我小时候时常踩着礎磴爬上柱头拴绳挂衣，有时还在礎磴上敲敲打打，礎磴上的雕花已差不多全磨光了。现在回想起来，那真是败家行为。

石头在乡下最不起眼，不能吃不能穿。当它打磨成礎磴或者通子后，则被刻上了永恒的印记，在浸染人间烟火后，它则变得弥足珍贵，成为推断一个家族某些细节的铁证。

礎磴通子，支撑起我的祖辈在乡间安居乐业，也承载着家族的兴衰，暗藏着深深的家族谜底。

小小的脚

染房头的媳妇从我奶奶那一辈起就是大脚了。

院子里我看到过三个健在的祖祖，她们是小脚。平时，她们尖尖的布鞋急促地踩着碎步在院子里来来去去，只听得脚步笃笃笃响个不停，但就是不见得走了多远。

晴天，她们坐在院坝里洗脚时，那些三寸金莲就会一见天日。当她们一圈一圈解开缠在脚上的布带子，最后露出灰白的圆锥形异样的脚掌时，孩子们都要被这异形的脚震惊。在我们那个年代，小脚已经非常稀少了，能见到小脚，也算是福分。那些小脚前面的脚掌基本没有了，只看到一只大脚趾，其余的脚趾都变形了，成为四块扁平的挤向大脚趾的疤。在祖祖们洗脚剪指甲晒裹脚布的时候，我们都要围过去看她们尖尖的脚和像威尼斯小艇的船头一样高高翘起的小小鞋子。

祖祖们在洗脚时也会给我们讲她们小时缠脚的经历。

她们几岁的时候，被母亲拉过去，用白布把脚缠起来，开始还不觉得，过不了多久就痛得钻心，一般要等半个月或一个月才把裹脚松开用酒洗，裹脚解下时，要撕下一层厚厚的皮肉，洗一次脚就要流半碗眼泪。过个半年，脚就不痛了，但是裹脚还得天天缠着。我们院里孩子的脚都比三个祖祖的脚大，我们经常摔倒，但是她们小小的脚却走得稳稳当当。我们真不敢相信，那么小小的一双脚，是如何撑起了高大的身子，而且还几十年不偏不倒。

每天早晚，小脚的祖祖们就早早地起床煮饭，然后坐在阶檐下，拿出针线兜，开始缝补衣裳或者给孙儿孙女做个小帽或者小肚兜。男人们，则下地劳作。

这些小小的脚，在院子里倒是可以自由穿行，但很少下地或者远行。可是，她们也是从湖广走过来的吗？这倒是无可查证了。想象着这些小小的莲花在染房头子曰诗云的吟哦声中悄悄盛开，想象着那些久远的红袖在巴山夜雨的晚上再次添香……染房头，还有多少动人的故事仍掩藏在历史的尘埃之中呢？

那些盛开的莲花早已凋落，那些香艳的绣花鞋早已暗淡。那些小小的脚啊，把染房头的血脉一代代往下传，把一滴滴烙刻着家族传统甚至民族气节的精血从湖广带到四川，再在四川一代一代地接力传递。在南方或者北方打工的亲人们啊，可以不归故乡，可以不问生死，怀揣着暗藏生命密码的血液在人世间苦苦穿行，何时才是尽头？何时才回故乡？

染房头，一段最值得书写的家族传说，一曲乡土版的生命长歌。

2010年5月5日

（刊于《花城》2013年第2期）

失踪者

有两条河，在我居住的小城再也没有找到过。

这两条小河，经过城外的稻田、麦地和烟火，风尘仆仆地一路走来，可是路过这个小小的县城，竟被横七竖八的街道和破破烂烂的巷子一再拦截，以至最终下落不明。

城里来来往往的行人都忙于寻找钞票和花掉钞票，没人注意到她俩的去向，花花绿绿的露天电子显示屏和忙碌的县电视台从没有播放过关于她俩的寻人启事，那些电线杆、公告栏、墙墙角角上全是办证、贷款、治疗性病秘方的联系方式，根本没有谁在打听这两条河的消息。就这样，小小的城市便硬生生地吞下了这两条河，无人问津。各色的轿车、摩托、电动车、自行车便成了车流里的一滴滴水，流动则成为古老的修辞。而那两条失踪的河流早已污秽不堪，发黑变臭，在县城的钢筋混凝土下变成了无人知晓的地沟，每天漂浮着浓稠的便溺与油污，成为地沟油的源泉。

在这个小小的县城，高高矮矮的楼房夹着的水泥街道可以用河来比喻，虽然这个比喻很俗套，但是非常贴切。车在里面流淌，人也在里面泅游，漂浮的还有各种欲望、假象以及其他。说流淌似乎不太准确，应该说是追逐。追逐者的姿态五花八门，提包打伞行色匆匆、神气活现驾车飞驰、边走边吃或者边走边听或者边走边说，但似乎都有一个共同的去向——名利。那些楼房和街道自然就是河岸，河岸是最适合下水、上岸或者观望的地方，当然也是一个最容易遭遇淹没或者沉没的地方。

县城的北山超市是河岸的一处风景。这里曾经叫天元商场，一度生意兴隆。在一个春节前夕，外来投资的老板却卷款潜逃，一夜失踪，留下的上百家商户也一夜之间成了"无所畏惧"的上访户。他们在这个商场外的"河流"上拦起了一道人墙，他们想用垒起这道肉体大坝的方式让这个县城交通中断，从而引起人们的关注，然后再从商场承包商那里要回自己的钞票。那是个临近年关的雨天，购置年货的乡下人、回乡民工和大大小小的商贩让县城人流倍增，脆弱的交通经不起这座人肉大坝的截流，阴雨中对峙了两天，小城几近瘫痪。接下来几天，这些精于迂回进攻的高智商的讨债商家和那些被围攻的官方代

179

表展开了拉锯战，几个回合后，大坝终于土崩瓦解，商场前转眼车水马龙。

两个月后，天元商场换成了北山超市，门庭若市。只是商场的橱窗，成为一排空洞的眼睛，黑洞洞地张望着行人，似乎有满腹的幽怨。超市内商品盛开，五彩缤纷，诱惑着每一个闲逛的人，造就着一大批购物狂。超市与商场，把曾经商店的经营之道全面颠覆，让交易成为一种享受或者麻醉。超市，同样是一朵朵盛开在物欲场中的妖媚之花。车在街道川流，人在河岸行走，超市、商铺或者馆所则是一个个迫使他们暂停的码头。橱窗是码头边一道道勾魂摄魄的眼神。

北山超市外那一排带钩的眼神在换了老板之后，再也无人理会，于是黯然无光。那排取走玻璃的橱窗变成了一张张打开的大嘴，等待着有人投下点什么。然而，那里除了灰尘，就是纸屑。

应该是一个下午或者早上，我发现橱窗陈列有物件了，不是商品，是活的三个人，应该说是三个流浪汉占据了三个橱窗。第一个窗台上堆着一堆杂物、破衣裳、一团黑乎乎的棉絮和几个用来打包的饭盒。他蓬乱的头发沾满了杂碎，满是污垢的脸上藏着两点泛白的眼睛，裤子半挂在大腿根部，摇摇欲坠，吓得不少路过的时髦女子惊叫着跑开。他的橱窗下有一摊湿地，看颜色便知道是小便。好在这个流浪汉不是个色鬼，他几乎不注视任何一个行人，只把目光扫向各个角落捕捉可能存在的食物，饥饿是他唯一的敌人。第二个橱窗的好像刚刚翻完垃圾箱回来，早已填饱了肚子，平静地坐在橱窗上，好像在展示一幅原生态的市井画，可是无人欣赏。最后一个橱窗上，那人四十上下，面无病态而且干净，长长的头发在脑后系了一个马尾，身边还有一个挎包，他注视着一个方向，但看不出他在观望什么，或者他只在观望自己的内心。他完全不像个行乞者，倒像个独行的旅人。他也是在这个窗台度过的夜晚吗？我时常想，他们是从哪里来的呢？他们是不会给家人打个电话或者发个短信的，他们在家乡活不见人，死不见尸，安然地流落异域，对于他们的家人，他们只算是失踪吧。

我没有过多的时间浏览他们，只一晃而过，为了一家老小的衣食住行，我还得继续我的追逐。大部分的人也忙于生活的追逐，那些流落异乡的流浪汉犹如这座城市的透明人，卑微而苟且地活着。

有一次，我到省城办事。下车后四处张望，寻找公交车站。看到蚁穴溃堤般的行人、从不断线的车流和高不可攀的电梯公寓，我感到一丝畏惧和恐慌。在这样的城市，我如果下落不明是多么轻易的事。在人行道上漫无目的地走着，一阵啊啊的叫声传来。我转过头去，发现路边坐着一个行乞者，手端着一个铝钵，不停地把满钵的沙塞进嘴里又痛苦地吐出来。在他看来，如此细顺的沙为什么不能是食物呢？我深陷入我的恐惧，如果把我的手机、现金和银行卡全部拿走，把我抛进一个陌生的流通另一种语言的城市，我会是一种什么景况？周围路人眼中的厌恶和冷漠，也让我一点点冷却下去。从那以后，我对城市有了本能的抗拒和回避。

在这个奔流着的城市，或许人们都互为旁观者，冷漠自私是共同的武器或者甲胄。我时常想，我为着什么奔跑？房子、职位、老婆、孩子？我在我的跑道上观望行乞者，他们如同异类。他们在黑夜里被拖上货车，消失于人们的视野中时，在他们看来，这个世界一定是疯了，而他们只是这个人群眼中的失踪者。

北山超市占据着一楼与二楼，是钱币换物质的交易场。三楼是丽都影视城，有县城最高档的放映厅，里面放映着各类都市传奇和3D童话，或者说，这里展示的是一个更加奢华的虚拟世界，引导或者教唆着小县城的人们向影视里的生活攀附。当然，这种被教唆是要花代价的，一张电影票至少要六十元，是一个低保家庭半个月的生活费。为了满足从儿时延续至今的对电影的渴望，我只在一个周二的下午看上了一场，算是兑现了一回童年的奢望。我关注了这个影城几个星期，最后确定在星期二，是因为这天票价打五折。结果过去后，只有我与三岁的女儿两人观看，影城收了我原价，说算是包场，这让我失落了好久。女儿不喜欢里面的黑暗，居然闹着想提前退场，我连哄带骗，好不容易才看到剧终，没有让那不菲的电影票浪费。想起带女儿第一次进影城，我就禁不住暗笑，世事真是不可预计的。四楼，是最近兴起的健身房，叫红蚂蚁，进进出出的全是些肌肉发达或者欠发达的衣食无忧的男子，还有脂肪过剩的女人。健身房楼道上的口号让人过目不忘：请人吃饭不如请人流汗。进进出出的来流汗的，都是不请自来。楼下橱窗陈列的那些过夜者，才是需要有人请他们吃顿饭的。

北山超市，矮矮的只有四楼，却是一个世俗众生的观景台，在钞票的中介下，这里进行着所有的交易。门口露宿的三个男子，他们知道身后高楼上发生的事情么？进进出出的男男女女远远地避开这三个男人，或者视若无睹，与这三个男人无视周围的世界一样。迷失在这个小县城的三个流浪汉，是钱财被骗的打工者？是深受伤害的失忆者？是与世无争的过路人？这三个无悲无喜的观望者，如同雕塑，打望着这个小县城里无头苍蝇一样为名利四处乱窜的人。

在这个小县城，时常有不知从何而来的行乞者，大大小小，男男女女，都不用言语，只希望用眼神和文字完成一次不公平的交易。有孕妇，拖着大大的肚子，跪在地上埋头对着一张写满字的纸。她长长的头发遮住了她的半边脸，可能是想遮住路人对她的鄙夷，或许也遮住了路人对她的怜悯。可是，在这里已经没有人相信她们的这些把戏了，虽然没有谁去求证她衣服下鼓起的是什么。也还有抱着小孩的中年男子，坐在路边，用粉笔在地上写着：我想给孩子买碗面。还有一个，裸露着许多肉体，坐在广场上号叫："我要吃饭！我要吃腊肉！"结果引来了一阵阵哄笑。这些小小的企求还是不能打动来来往往的行人。身强力壮的，居然还好意思做这个买卖？行人更多地以这个理由拒绝了他们，不知是行乞者冷血还是路人冷血。没有任何一个人愿意施予他们一点同情和钞票，他们如同透明人。还有不少五花八门的残疾人，夸张的畸形四肢、惨不忍睹的血腥，每一个都诉说着深深的不幸，然而，也很少激起路人的丝毫同情。是他们的假戏过于直白还是路人的同情早已冷却？

穿行在这条河两岸的，尽是些不幸的人，他们互相观望，彼此漠视，把自尊和道义互相摒弃。虽然时时相遇，但都如同隐匿。来的和去的每一张脸，都一晃而过，极少有再见的机会，路遇的，仿佛全是一个个异乡的失踪者。

我有时也想到我自己。成天躲藏在自己的小屋或者网络里，在自己的文字或者别人的文字里走走停停抑或旅行抑或过夜，不在乎自己的容貌和言辞，在每一个地方都可以随身隐匿，满足自己的偷窥欲望，发泄自己的种种不满。在网上的世界，我如同一个观望者，看网上的世事变幻，看身外的是是非非。在生活的小县城，我如同失踪，我时常在周末和下班后关掉手机，躲藏在网络的一端，捕捉网络上传来的片刻宁静，在此刻，我却屡屡失信于朋友的歌城、酒场、聚会之约，成为同事朋友奚落的对象。失踪在尘世的我，最终会成为那两条走失后变得心理阴暗的"河流"吗？

我时常想起从城郊流进县城的那两条小河，在周末的时候，也会带上女儿去看看那些田野，远远地发现一路蜿蜒而来的清澈小河，我竟然不敢再顺着流水往下看。这是一条不归路啊，我却无能为力挽留或者劝阻。我时常想起那些露宿街头的行乞者，这些在家乡失踪而在异乡无家可归的人，他今夜安睡在哪里？而我在我居住的小城，苦苦地远离，远远地观望，我让自己失踪了吗？

想起那些在小小县城里失踪的男男女女和关于失踪的是是非非，才发觉"失踪"是多么容易遇见的一个词。

我们的生活终究如此下落不明。

2010 年 5 月 16 日

（刊于《朔方》2011 年第 2 期）

裂　缝

　　其实，天也有裂缝，天空的裂缝就是那些白森森的闪电。

　　我对天空的裂缝的发现是在一个暴风雨之夜，远处令人战栗的雷声和使人惊悸的强光一前一后地传来，我却突然想到裂缝这个词。对于恢恢无隙的天空，只有闪电才能撕开一道触目心惊的裂缝，但只出现一瞬，转眼就愈合了。虽然只一个闪现，却就此暴露了天机。闪电在出现的同时，还簇拥着巨大的声响、凌厉的风雨和莫测的危险，似乎在警告天机不可泄露。闪电是天空的破裂，挟带着置万物于死地的雷霆以及其他。闪电的出现，似乎暗示着所有的破裂都不是愉快的过程，所有的裂缝都不会有完美的结局，无不暗藏杀机。

　　我之所以能坦然地欣赏天空重重杀机下的破裂和愈合，主要是我远在天边。我时常躲在天底下的一个角落，饶有兴致地算计着雷声在闪电之后到达的时差，并秘密独享着一份安然。我从小害怕雷声，那是一种无法制作难以表述的巨大的尖锐的破碎的声响，那是一种让人瞬间崩溃的爆裂的语言。经过了多少次猝不及防的震慑后，我终于发现了一个好像现在已经是人所共知的秘密：雷在炸响之前，必定会有一道让人心悸的照亮天地的强光。这道把远山的轮廓清楚描绘的白光好像在提醒天底下的生灵：巨响随后就到。每次在发现闪光之后，我便赶紧捂住耳朵，在惊恐中让雷声听起来更遥远。直到上中学后，我才发现这是一种误解。闪电与雷声是同时同地发出的，只不过闪电的动作要麻利些，跑得比雷快。然而，比雷声更危险的其实是那些不动声色的藤藤蔓蔓的闪电，那虬枝盘曲的电光，好像掉了叶子的爬山虎，牢牢地吸附在漆黑的天幕上，在那些藤蔓间，一定藏匿着各形的毒牙，可以随时要人或者物的命。那些闪电，是上天捕杀尘世生命的霹雳杀手，凡是上天要带走谁，都会让电光捉住后转眼烧成一缕轻烟才带走。地上的生命，都是通过那道裂缝才升上了天的。此后，我在闪电之后听到雷声就非常坦然了，夺命的是那道厉光，而不是巨响。不过，当你能听得见雷声时，危险其实已经远离。

　　上天专门开个缝来带走谁，毕竟是非常少有的，没有谁的生命值得惊天动地。所以，我总认为上天在裂缝的时候，肯定想把天上存放的雨水泄下来。一年之中，天门只在一个季节定期开合，带走些生命，留下些雨水，除此之外，天空从不开启大门。雨水是尘世和生命的源头，然而天空却是那般古板，从不与地上的生命通融，它一直自行其是，从不在雷雨季节之外开个缝。地上的生命，只能如此在天的缝隙下赖以生存。在天门开启的季节，地上就会一片葱绿，生机盎然。看来，在夹缝中求生存的，不仅有你我之辈，还有整个大地。既然承载生命的大地都是在天的夹缝中求活，那人世命运的窘迫也是无可幸免和理所当然的了。

天的裂缝如同梦幻，无影无踪，不可捉摸和挽留。与天的破裂一样，地的破裂也是无法预知和无法回避。峡谷、河流应该算是大地曾经破裂的旧痕，它们平静而稳定，以至没有人会觉得那是一次次破裂的伤痕。所以，在人们心目中，大地破裂很少，同时也不会像天的裂缝那样会迅速开裂和愈合。其实，事实并非如此。地也会破裂，当然，只有很少的人会看到地裂，但是，看到地裂的人，多数会被封喉灭口。天地的秘密，发现者必遭杀戮。相比之下，闪电基本上可以不算是在泄露天机了，地裂才算是真正在暴露大地的秘密。地裂与天裂会有同样的威力，比起天来，地才是铁石心肠，大地会把一个个发现它秘密的人全部带走，从那个裂缝直拽下深深的地底，然后转瞬闭合，一切如同没有发生。地裂的故事，这些年在汶川、海地、玉树等地都先后上演过，但是没有几个看到地裂的人现在还在天底下生活。地裂也与天裂一样，无不能置人于死地，只不过，地裂对靠地而生的生命来说，命运更加悲惨罢了。不管是天裂还是地裂，都是不可想象的，都要或多或少地让人或者地上的一切用生命和鲜血作代价。

当然，大地也时常会出现些小小的裂缝，那一定是天门紧闭得太久了。雨水迟迟不来，地只得成片地张开嘴巴，等待着天空出现裂缝。从天的裂缝中漏下的雨水，会灌满地上干渴的喉。隔个一年半载，天空又开些小缝，给大地补充点水分，让地在天之下如此苟活。天地之间，是否有着人所不知的约定，把这些人间的琐事安排得如此周到？

天的裂缝转瞬即逝，似乎怕开裂得太大太久，会从天空降临更多的甘霖或者灾难。地的裂缝在雨水的灌注下，则变成大小的河。天地在破裂之后，都会恢复旧貌。天的愈合完美无缺，无丝无缝。地则成为山川河流，也不易辨认。在远远的天空，天的破裂似乎非常遥远，除了偶尔降雨引发的山洪之外，天在破裂的一瞬，对人世的伤害基本也不足引起人们的重视。地的破裂虽然会杀人如麻，毕竟那也是几十或者上百年一遇，那些惨剧也多在人世的记忆之外。有时，天地在雨水的配合上不合

189

拍了，地上就会裂开一道道口子，但这一般也不会伤及更多的生命。裂缝，在天地间，可以说是很陌生的了，以至使我从闪电想到裂缝居然变得十分意外，如同遇到了灵感。

天地之间的破裂和愈合，这是天地的秘密，没有人能了解和透露更多，不像人世间的那些裂缝。

当然，我最想说的是那些远古的龟甲和兽骨。它们在烈火中迸裂，在刀刃下刻画，那些裂纹的走向横七竖八，却在巫祝的喃喃自语中，成为战争或者和平的指向，这些神秘的裂缝，深深地刻进五千年的历史，一直烙印在一个民族的心头。这些细小的裂缝，虽然不比刀锋，但是，它的随意的走向，却能左右一个个决断，谁也保不定它将会暗示那些巫祝们如何领会神祇的意图，然后是挥刀相向还是握手言欢。这些烈火书写在龟甲上的文字，这些被刻写在骨头上的点画，则成为传世典章，代代流传和解读。这些小小的裂缝，里面陈放着的卜辞关于争战、关于狩猎、关于雨水，一直被深奥地引申和解读。这些明了而又模糊的裂缝，深深地牵制着一个种族思维的走向，所有的思想都在这些裂缝的方向上继续延伸。是否，文化的传承或者兴衰必须依靠某种破裂呢？其实，人类的历史，又何尝不是一次次破裂的串联。破裂的甲骨成为人类智慧的载体，或许这就是一个不可告人的谶语：裂缝的指向才是前进的方向。

细细想想，皱纹、伤痕何尝不是些显而易见的裂缝？只不过这些裂缝细小或者平凡，因而被熟视无睹。但是这些裂缝，也无一不是一些秘密的泄露或者暗示。皱纹用深浅和疏密泄露着生命的老幼，伤疤用长短和厚薄泄露着伤害的大小以及伤口背后的隐情。

当然，还有更多的裂缝开合在视线之外，那些裂纹隐匿在尘世，深藏在心脏的某个部位，虽然无形无影，但能在猝不及防时给你真切的刺痛。这种无形的裂缝，在医疗器械探查能力之外存在，只能用自身的疼痛来证明它的存在，这种裂缝，应该是尘世间最为强大的裂缝，也是尘世最无能为力的裂缝。这种人心的裂缝，有谁能缝补呢？天地的裂缝可以自行愈合，然而，人世间的裂缝会自行愈合吗？藏在心中的那些裂缝，不能看到裂缝的深浅，只能感觉到疼痛的强弱，那些裂缝的长短和深浅，只有凭借痛楚的强弱和短长来推断。人心的裂缝我想不会像天的裂缝那样转瞬愈合得完美如初，人心的裂缝只会在日子的堆积中一天天开裂或者慢慢愈合，愈合的疤痕肯定还会像阴雨天的伤口，在毫无预料时一再隐隐作痛。

所有的裂缝都是一种泄露，泄露完美的缺陷，泄露背后的真相。裂缝，在漫长的岁月中开开合合，让一切的一切更加沧桑莫测。人世与世事就在一次次的裂缝中，变得纷繁复杂，变得光怪陆离。唯有苍天，猝然的破裂和完美的愈合，让苍天不老，让岁月无痕。

天的裂缝，会消逝于无形之中；地的裂缝，会化为沧海或者桑田；龟甲的裂缝，千年流传；人心的裂缝，只会原封不动潜藏在心间。天和地置裂缝于罔闻，因而天地永存不老；人却不能置裂缝于罔闻，人只得在裂缝的疼痛中心力交瘁，渐次麻木。我们是否应该效法天地，置世间的凡尘俗事于无睹之中，以养某种浩气而长存呢？人毕竟不能与天地试比，因而，痛苦必然是属于人类的。天裂缝，于是降雨，地裂缝，于是现高山河流，天地之间的大秘密虽然不可探究，但裂缝却孕育着新生，这又何尝不是一个启示：人心有了裂缝，是不是一个崭新的开端就已经到来了呢？

裂缝，是最直接的破碎，必然是最痛苦的割裂，或者彰显，或者隐痛，但都是必须面对的历程。高天厚土，都遇裂缝而无力，人世茫茫，裂缝自然难辞。唯有天在破裂之后会愈合如初，地都尚且在天的夹缝中苟活，更何况命如草芥的人和那些命贱于人的别的物种。

俯仰在天的低檐下，又能如何伸屈自若？又能如何壮志凌云？纵然有绝世武功，也只能在天的手心折腾，也只能在命运的掌股游走。是不是应该不做无谓的挣扎和牺牲？不做悲剧徒

192

劳的表演？当然，这只是一厢情愿的一种。

在天的底下，你我何尝不是一只小小的虫子，虫子的未来有多远？虫子的壮志有多高？在人或者兽的脚掌无意踩踏下，虫子远大的未来或许就转瞬终结。人不可能知道虫子的满腔热忱，人不可能明白虫子一生的追求，但人可以在有意或者无意间，掌控一只虫子的命运和生死，可以随意捉放，可以任意肢解。对虫子而言，人就是它的命运。当然，虫子也有它的裂缝，也有它的痛苦和爱情，也有它的苦恼和烦忧，但对于人来说，虫子的一切都是无所谓有无的。如同人在天的面前，一切都是无所谓有无的。换个角度看看人和裂缝，其实道理亦是如此明白简单。在无奈的情感纠结或者命运困境中，人对于裂缝的看待或许应该有另一种解读，人对梦想的追求或许应该换一个角度。

当然，面对裂缝，没有谁能视若无睹。面对疼痛，没有谁能假装麻木。或许，只有从天的裂缝中逃逸出去之后，才能作尘世最后的逍遥游。

2010 年 9 月 30 日

（刊于《四川文学》2011 年第 4 期）

捕风者

我曾经想看到风的形状，可它过隙变扁，穿孔变尖，形无定式来去无踪；我也曾想捕捉风的味道，可是，风静隐于虚无之中，风动却带来的是他处的味道；我也曾琢磨过风的声音，才知道风本无声，只是有许多声音都被风一路带来又一路带走……

这样看来，真好像风胜于无，然而，风过之处，万物都有感应。风就如此实实在在地隐身于天地之间，虽然不露真相，但无法不留痕迹。细细想来，在有无之间捕捉风的努力就是接近真相的过程，风貌、风味、风声都不是属于风的，风只是一种隐匿的衔接，是通向风来方向的另一个世界的门。

风隐于无形，我想，文字是无力让它现出本来面目的，我也不必做无谓的尝试。至于风声和风味，是不能简单地理解成风的声音或者风的味道，更准确的理解应该是风中的声音和风中的味道。"捕风捉影"的尝试，就是分离风中的内容的过程，然后抽丝剥茧般接近另一个本来面目。

对风声和风味的辨别，是在我离开农村进入小县城之后，随着时间的流逝，我官能感受的落差日益分明，两者的悬殊愈加明显，仿佛进入一个听觉和味觉的荒漠。身处日益膨胀和来不及完善的城市，我成天浸泡在城市污秽的味道和繁杂的声音之中，只有独自怀念着风清气正的乡下时光。

虽然风的形状不可看见，但是风经过之处，也总有从静到动的提示。草倒叶飞、云转幡动，这都是风在说它来了。可能风还在远处，我们也能远远发现风的脚印。在乡下，如果站在木格的窗子背后，只要看到对面青山上树在摇摆、山路上雨衣在飘飞、瓦房上炊烟在扭腰，这些都是在说，那就是风。当然，居住在高高的电梯公寓，隔着双层的玻璃窗子，也只有那些粗壮烟囱上的黑白墨迹或者花花绿绿的商铺彩旗，在天空写着风，如果没有这些烟囱或者旗号，应该是看不到风的身影的。看庭前花开花落，望天外云卷云舒，本是件简单的事，然而，要在城市灰蒙蒙的天底下看看云，实在是十分奢侈的想法。当然，在行色匆匆的人流中，没有谁会停下来静静看一会风儿的来去和风的大小，都是在奔波行走讨价还价的间隙，偶尔从鼻翼、肌肤、耳朵间听闻风的踪迹。

风声或者风味，不能不说，在城市的水泥丛林待得久了，我们的这种鉴别和品味的能力已经明显降低。谢有顺曾经在一次讲课上说："我已经很久没有在文学作品里听到一声鸟叫了。"然而在现实中，城市里根本没有鸟的影子了，即使是农村，也由于农药的大肆使用，鸟雀也种类大减。所以说，在城市里，即使是像我居住的这样的小城，想要听到一点来自自然的或者天地间本来的声音，都是十分难得的。在乡下，春天有花开的声音，夏天有生长的声音，秋天有成熟的声音，冬天有窖藏的声音。不仅是在一年四季各有侧重，就是在一天中，也各不相同，而且，要在乡下寻找两天一样的声音都是绝不可能的，每天的同一时段的声音都各不相同。听惯了清晨的鸟叫、中午的蝉鸣、夜晚的蛙声，再面对一早到晚隆隆的车声和城市里无可名状的红尘之声，我想，这必定是一种折磨。当然，这种声音不需要风都已经可以传播很远，如果再有风的帮助，足以让声长啸穿遍全城，惊扰都市的梦呓。当然，更多的声音就如此搅和在一起，汇成一种嗡嗡的城市之音，让人烦躁。在乡下，不论是在夜间还是白天，只要听到一声鸡鸣犬吠甚至雷鸣雨声，都愿意竖起耳朵寻找半天，即使是目不识丁的老农也都会自然而然地想起几句似懂非懂的诗句或者歌谣：雨中闻蝉叫，预告晴天到；雷打立春节，惊蛰雨不歇；雷打惊蛰后，低地好种豆。或者再细细想想是哪种虫子在叫，是饿了吗？还是孤独了？在熙熙攘攘的大街，有谁会仔细辨认声音的来处呢？当然，风中的声音远不只这些，风经过乡村的每一只耳朵时，都会被细细咀嚼过滤然后放开，所以声音就越传越小，里面包含的东西也就越来越少，越来越纯，城市之音却正好相反。

多年前的一个五月，我在农忙时节回到乡下，刚下过暴雨，溪里池里水都涨起来了。在那个雨过天晴的黄昏，我坐在青草地上乘凉，阵阵温和的晚风吹过，风中满载着布谷的歌唱、虫子的嘶鸣、牛的长调，我突然觉得，这样的五月，才算是完整或者完美的。之后，我也时常回乡下去，更多的时候就在春节前后，直到天黑定了，山里山外全是静默的，即使有三五家人点燃一串鞭炮，可响过之后，夜晚更显得寂静了。早年一到夜晚，村里家家都关门锁户，把自家的东西藏得严严实实的，防火防盗，但是盗窃案却时常发生，小到鸡大到牛，都可以一夜之间不翼而飞。几年之后，村里全是老弱病残，无缚鸡之身手，无呼喊之力气，然而，村落间再也无盗窃事件发生。想必那些梁上君子也转向到了城市，放弃了农村这块阵地。看来，乡下早年的天籁之音已经无可逆转地远去了，风中带来的不再是那些悠扬清纯的乡音，而是血腥颓丧的哀怨。

"顺风而呼，声非加疾也，而闻者彰"，这是古人发现的诀窍。这也同样是说，不少声音都来自异域，是其他秘密的泄漏或者主义的传播。这一路随风过来的，就是一个完整世界。如果能把这风中的声音一一收藏，我相信，乡下的声音世界一定比城市的更加温婉动听。即使是半夜里传来外村男女的打骂声，那也是绘声绘色的，一定会是个悲哀的女人一阵凄婉地哭叫几声，然后就是长一声短一声地哭诉，在风中，全村都会听清谁是谁非。等女人在几声粗暴的呵斥中停止控诉时，村子里就鼾声四起。到了第二天，几乎没有人再打听昨夜的纠纷，一切都如同没有发生。乡下人一早起床就要下地干活，还有多少闲暇打听人家的家事呢？再说，只要没有死人，也不算多大的事，头天晚上不是都陈述清楚了吗？或许当事人已经忘了，再打听只会让自己难堪了。这样的情节，在城市的夜晚是不会遇到的，没有多少声音能穿透厚厚的混凝土，而且，在轰隆的车声、歌城的嚎叫和电视上虚假哭闹的混合物之外，城市已经不会有多少清晰的声音会在风中给大家传来一个完整的故事。没有故事性的声音，有谁还愿意去听见呢？

视听能力对于一个人都可能丧失，嗅觉应该不会轻易失去。当然，对于风中味道的触摸更多的依靠鼻翼，从鼻孔和舌头经过的，都最终回归到味道。风中的味道，舌头无需过多参与。风中的味道，在乡下，更多是花花草草传出的消息。当然，花要把消息告诉的不是人，而是那些远远近近的虫子，只不过让人也无意中捕获。花的消息，风只在以一种更加隐秘的方法传播，也是一种不可看见不可听闻的方式进行。因而，在乡下，一个人的嗅觉是十分灵敏的。

村口人家的饭熟了，村尾的人都知道是些什么菜。如果是在饥饿的年代，就有不少无事的孩子过去串门了。如果闻见有腊肉的味道，那一定是家里来了远客，如果是酸菜红苕的味道，一般也就不会过去守望。每年端午，家家都会用新面蒸馒头，一大早，村子就全笼罩在一层淡淡的馒头香味中，虽然各家各户还把馒头扣在蒸笼里，但是只要鼻翼轻微动一下，就知道哪家的包子是肉馅的哪家是菜馅的，还有哪家用的是杨槐花在做瓢。

乡下，风的味道不仅四季各异，而且一天之中也不断变换。早上凉，中午热，晚上冷。当然，如此简单的词语是无力把乡村的风在纸上再现或者描述得原汁原味的。但是，在乡村或者城市，风中的味道的差异却显而易见。

如果要向一个嗅觉灵敏的时尚女生打听城市里的味道，她或许对薄荷、玫瑰、"毒药"这些香味能有准确的辨别，但是让她走上车水马龙的大街，让她在风中伫立，让她说风中的味道，可能，她只会晕厥。在满是汽车尾气、怀揣暂住证的男女的汗味以及传说中的转基因食品夸张的美味混合的城市味道中，清风徐来只是一个遥远的书面语言。回到乡下，虽然感觉与陶渊明有点相似，结庐在人境，而无车马喧——想必晋朝的车马之声无论如何都赶不上现在任何一辆轿车，但是回到乡下，的确是一片静寂。远远的农舍没入荒草，家禽无影，杂草乱窜，无人顾及的粪池肆意流淌，腐烂的枯草把味道四处挥洒。杏花春雨、桃红柳绿依旧，可是都早已自开自谢，那些相同的芬芳在浓浓的腐败的味道中已经不可辨别。眼下的乡村，已经陈腐污浊了。

封闭在厚厚的水泥墙里，百无聊赖地想到乡下的风声和风味，只有一声长叹来做最后的总结。风中遥远的声音和淡淡的味道，正如我刻骨的乡愁和莫名的悲伤。

2011 年 9 月 5 日

（刊于《光明日报》2016 年 1 月 15 日）

光的阴面

光也是双面的。

光的正面为光，背面叫阴，合在一起就称光阴，现在则通称为时间。当我发现这个人们时常忽视的细节的时候，我正利用假期在楼下追随今年暮春的最后一抹艳阳。

正午的阳光从盘电新天地三十三层的楼顶盖过来，把我居住的这个小院焐得暖烘烘的。肯定是在光线阴暗的小屋里关闭得太久了的缘故，我迫不及待地与女儿吃完午饭，下楼去迎接这白花花的阳光。女儿下楼后，径自去找树上的小花玩去了，我独坐在院里的石磴上，背向太阳，让我的背烤得舒服些。我选了一个二楼书房里的无线信号能到达的角度，看看手机里的微博，发现微博也要休假四天，或许也在放清明节或者愚人节的假。在中国，我们的节日好像就是假日，纪念日或节假日一到，都放假玩去了，节日里应该做的纪念或庆祝的事反倒没人理会，节日失去了节日本来的意义，就如同我们只看到了光的正面，而忽视了光的背面。大家都把因纪念而放假当成了因放假而庆祝，所有意义重大的日子都变成了无聊的发呆或拥挤的出游。而我，从不奢望出游，于是只有发呆了。

今年清明后不久，端午又到了，我照例在假日中发呆。端午节一整天，我都隐身在我家这间由厕所改成的小书房里，在电脑屏幕上四海云游。突然，一片明亮的光从窗外切进来，在我键盘边上的黑色手垫上打开了一个光亮的通道，让我在幽暗的书房里眼前一亮。我的书房朝着北方，是阳光根本无法抵达的方向，然而这一片薄薄的光是从哪里来的呢？我逆光而寻，发现午后的太阳正好照在五步之外的对面楼上的窗户，于是这束阳光猛地转了一个钝角，第一次光临了我的书房。这片阳光的抵达，需要太阳正好在这个位置，需要对面陌生的房主把玻璃窗正好推在这个角度，当然，也需要我正好蜗居在这个小小的黑暗书房。我十分兴奋，在微博上记录下这个从另一个星球而来的使者造访寒舍的事件：端午节下午，黑暗的书房进入一束二手阳光。我用手机拍下了这个难得的瞬间，发在微博上，然后静静地看这片光亮在我的桌面上移动，它一声不响，如同一只白色虫子在爬，然后又慢慢退出我的书房，我无聊而又无奈地看着光的背影，直到黑暗再次把我淹没。我知道我抓不住光，我只有用手机拍下光到达的这个瞬间，并经历转瞬而逝这个平凡的过程。我知道，光来的时候，我看到的是它的脸，它离开的时候，我看到的是它的背，是阴。

清明那天中午，当我从手机上抬起头，发现阳光下的身子已经有半块暗了下来。我向光下挪了挪，又看起手机，当我又抬起头时，阳光又被阴影向前推了几寸，我只得再向光下挪了挪。不停地挪动，让我突然感觉自己好像在被追逐或者被抛弃，我有点不悦，于是合上手机，这才发现光亮与阴暗已经在脚下划了一条黑白分明的线，我死死盯着那条线，想看看这个黑白临界之间到底有什么异样，却什么都没有看见，连这条线也一动都没有动。过了一会儿，我看得有些累了，于是抬头眨了几下眼，当我再低下头，发现那条线已经又向前移动了几分。其实这个移动我也不能确信有没有，只是地上的鞋子开始在光下，转眼就在阴下了。我把鞋子又挪到光下，又东张西望几眼，低头发现阴影又跟了上来，如此反复，莫不如此。我屏息瞪眼，想看看阴到底是如何追逐光的，但那条光阴之线一直不见移动，可是眨眼之间，阴就又占领了光的地盘。眼见为实，一定是光在前面走，阴就在后面跟了上来，爬上了我的脚，然后又爬向我的另一只脚。我也这样断定，我看见亮的部分，那是光正面的脸，阴暗的部分就是光的背。光就这样一直默不作声地向前走，从光到阴，再从光到阴，光阴就这样一段接一段地走远了。正因为它走得那么无声，那么隐秘，以至让人很难觉察光阴的远逝。古往今来，有人说光阴如流水，有人说光阴如白驹，但都反复说教得无法把握。在这样的一个午后，我切身体会到光阴就是一条不死的虫子，一直在以我们看不见的速度向前慢慢地爬。

　　当光阴常被唤作时间之后，许多感受则因这些词语之间转换的难度而成为谜团，难以言说。此时此刻，我终于可以把光阴与时间对等起来。

　　在小院里，我终于看清了时间的两个面，一面是光，一面是阴，当阴一点一点转向光的时候，我感觉到了光阴或者时间这只虫子的移动。孔子老师在2500多年前的一天，站在河边说："逝者如斯夫！不舍昼夜。"有人说这逝者就是时间，但是我觉得不仅仅是时间，何尝不是世间的万事万物。光阴的流逝，在这个三月的明媚阳光下，我竟已经清楚地看见。时间的流逝，与花开花谢一样，只有结果，难见过程。我时常专心致志地看一枝花蕾的开放，我紧紧盯着那些花瓣，想看到它们到底是如何伸展或者闭合的，但是始终看不到它们有丝毫的动作。可是，就在我抬头或者转身的间歇里，它就开了或者谢了。不少人时常说听花开的声音，人的肉眼凡胎连花开的动作都不能捕捉，听花开的声音肯定只是一个美丽的词藻，或者一个时尚的修辞。不然，能听到花开的声音，就也能听到光阴从正面向背面流转的声音。

时间一物，只有在用钟表计量的时候，才能感觉到它的存在，而我时常怀疑那些机械的指针和数字是不是把时间搞错了，让我们在一个个错误里忙碌和奔跑。我有时也想，如果没有那些钟表的条条框框，时间就无处可依了吧？那这个世界又是一番什么景象呢？可是，当我遇上了光阴，我就平添了一种恐慌，光阴的流转如此直观和刻板，谁能与之抗衡呢？我坐在愚人节前一天的阳光下，突然觉得这个节假日真好，愚人节清明节，跨过了愚昧就进入清明，世上多少事何尝不是如此呢？至此，我才深切地感到无能为力，于是套用时下流行的一个句式在微博上写了一行：人生最无奈的是，上一刻在光下看阴，下一刻却在阴下看光。

光阴似箭，日月如梭，这两个词语已经被反复使用得如同一块随手抓来的旧抹布，谁会留意一下这块布的来历呢？都是即擦即用，用完就扔。是光阴跑得快还是箭跑得快呢？光当然比箭快，但是，光阴最终还是没有箭快。我虽然坐在阳光下，不能看到光阴一寸一寸地流逝，但是，如果要在阴与光的分界线上射出一支箭，肯定在箭到达后，这个阴还在原地踏步。只是，箭总会落下，停止，而阴却一寸一寸，再一寸一寸，永不停止地向前，因而最终会超过箭落下的位置，并远远把箭甩在后面。光阴与箭都不可同日而语，当然，日月与梭也没有任何可比性。这种形象生动的含糊其辞，让我们多少人多少年一直如此浑浑噩噩地活着。

那么，光阴或者时间到底有多快？我试着想了几天，越想越让人糊涂。慢慢的，终于明白了，世上本没有时间这个物，或者说时间只是人们用时刻来对时和计时的一个约定单位，约定地球公转一周的时刻周期为一年，以月球绕地球转一周的时刻周期为一月，以地球自转一周的时刻周期为一天，这三者之间原来没有联系，人们为了便于计时，才对它们进行数字上的乘除加减，形成一个换算公式。既然如此，要说时间的速度就好比问思想的重量一样，无从回答。所以，时间是无所谓速度的，时间是无所谓快慢的。

时间无快慢，那么我看到移动的光阴又是什么呢？臆想，我看到的只是看不见的思维而不是时间。光和阴在我脚上慢慢移动的同时，光阴也在古人的说法里随之流逝，但二者不是同步的，也没有内在的联系。光与阴的移动，只是阳光下的地球的自我转动给我们的一个错觉，虽然只在一秒之间，已经是30

公里的差距，而我还在原地不动，这30公里的距离只是如此幻化成我脚下觉察不到的光阴爬行。我们深邃的古人，从重复的自然规律中看到了思想，他们种下了物理的种子，竟然收获到思想的果实，然而，我们手捧着这样深刻的果实却不知道如何下口，即使咽下也是囫囵吞枣般消化不了。

我看到的只是光，和光的背面，阴。这与光阴其实只是算同名同姓而已，根本是两个陌生的人。只是古代某个白胡子的老师说，一往无前的光与阴就是有去无回的时间，一个暗喻，就让我混淆了如此两个伟大的事物这么久。

光与阴，光之所以为光，就是因为阴在它的身后；阴之所以为阴，也就是因为光在它的另一面。那些时间呢？正是因为有终点，起点才有意义。时间的起源，就在于停止。如果世间万物，没有兴衰枯荣，没有生老病死，那才没有意义。时间的意义产生于终结。当一个生命没有死亡，则没有生命可言。黄金的意义在于它消失得更慢，光的意义在于阴把它紧紧相逼，生的意义在于死无可抗拒……无限的意义就在于有限，如果没有这些与之格格不入的对立面，一切都将毫无意义。

我想，光阴荏苒、白驹过隙，古人并没有想到以此来计算时间的速度，而只是想借此表达时间的一去不回，时间无所谓快慢，只是生命会有始终。时间，可以用来衡量生命的短长，但是，又有哪种工具可以来测量光阴或者时间流逝的速度呢？

从光到阴，也就是光的一个隐秘转身。光转身过后的故事，还有多少暗藏在阴的下面？没有人能搞清楚。所以人们常说，以后的事情，无可预料。光的阴面，如同月亮的背面，是个谜。

想念着光与阴，让我的人生脉络渐渐明暗清晰。

2012年4月15日

（刊于《西南军事文学》2014年第3期）

大地编年史

计时针一圈一圈周而复始，而大地上的生活一往无前……

朗读者：暮晓　朗读者：陶然

水边的芦荻

蒹葭慢慢老去的时候，芦荻花便白茫茫地铺开了。

八月一过，苍老的芦荻便从《诗经·蒹葭》的句子里走出来，孤独地站在日益清澈的江边，高举着洁白的幡，仿佛在给诗人招魂。

西周诗人深邃的目光越过雪般的芦荻花，望见了河那边的女子。想必那个所谓伊人穿着粉红的衣裳，在初秋的水边才那么光彩照人。然而，西周的那个诗人最终也没有能跨越念想中的河流，与伊人牵一牵手。千百年来，只有一首断肠名篇让一代代的读者遗憾和遐想。

年复一年，诗人早已经随笔下的流水流向岁月另一端，渐行渐远。然而，一年一度，芦荻却历经岁月的风雨，如期开放。

水边芦荻的旁边除了诗人，还有城市和乡村。自古以来，城市与乡村大都居住在水边，于是，他们便与芦荻成了邻居。

芦荻总是远远地居住在城市的郊区，栉风沐雨，是城市的贫民。在水一方的高楼上总是夜夜笙歌，觥筹交错，在来来去去的人流之间，芦荻在对岸的黑暗中却越加显得清贫以至穷愁潦倒。幸好芦荻不好交游，不落俗套，在远远的河之洲安然静守，怡然自得。

芦荻静默地在无人关切的地方独自开放，然后又弱不禁风地独自凋零，仿佛一出悲剧。然而，当城市在一次次被改造得面目全非的时候，在楼上的主人换了一茬又一茬的时候，芦荻仍一度又一度地谢了又开，开了又谢，从不落幕。

芦荻与城市年复一年的遥望与对峙，受伤的总是其中一方。当芦荻又盛开的时候，城市总有不少东西已经逝去，荣耀或耻辱，生命或理想，或许没有一点痕迹。在城市与芦荻的对抗中，永存的总是芦荻。

在城市中追逐的人流或许没有时间停下来回望一眼芦荻，在匆匆的脚步之中，流逝的却一直是人们自己。芦荻静静地守着自己的清贫，在繁华之外修身养性，在无影流逝的时间之外，超越尘世，仿佛一位旷世高人。

芦荻的开谢静得无人知晓，有人说那是寂寞的花。然而，又有谁的人生盛宴会永远不散呢？又有谁的荣华富贵经得住与芦荻的比拼呢？在芦荻再次开放的时候，更多的过客便会渐渐无影无踪，没有丝毫痕迹。如果芦荻能有记忆的话，它或许能回忆起人们曾经的荣耀。

芦荻看惯了尘世的变幻，芦荻也练就了沉默不语，或许它在等待一位能与之对话的智者。

可是，西周的诗人把目光越过了芦荻，看见了在河对面的美丽伊人；白居易把目光越过了芦荻，看到了浔阳江船对面那个弹着琵琶的歌伎；苏轼也把目光越过短短芦芽，看到了春江暖水里鲜美的河豚。从芦芽到芦荻，它漫长的一生，几乎无人问津，偶尔被提及，也只是陪衬。有人觉得这或许是芦荻的不幸，其实，这是人们的不幸。

一拨又一拨人来过了，又消失了，一幢又一幢的高楼立起了，又倒塌了，芦荻仍静静地在水边世袭而居，看着滚滚红尘和如流岁月……

2008 年 8 月 28 日

（刊于《北京晚报》2009 年 5 月 9 日）

春桑园

　　桑。

　　陌上，桑……

　　每到陌上春红，新桑沃若，意念中都会浮现汉乐府以及那个叫罗敷的惊艳村姑，鱼贯而出的还有不少西周以来的传世经典。可是，自古以来，如玉美颜都藏匿在字纸深处，画中人一次也没有走向尘世，或许，从西周过来的路程太远。真切的桑事，我能细说的，最远处在我的童年，最近的则在当下。

空　桑

　　其实，最早关于桑的目击，不是字里行间那个头上梳着倭堕发髻、耳垂挂着明月珍珠的虚幻美人，而是那一粒粒可望而

214

不可即的紫色桑葚。

　　我记忆犹新的那棵桑树，长着碗口粗的树干，可是由于虫蛀和雨水的侵蚀，树心已经空洞，只有一段半圆形的硬壳支撑着树上的枝丫，黝黑的树皮斑驳沧桑，起皮翘甲，树下还有一小堆细细的粉末，是虫子咬食树干留下的渣。秋桑过后，遗留在枝上的桑叶开始枯黄凋落，这棵树的枝干一动不动，无声无息，仿佛慢慢去世。我也曾怀疑这棵树已经死去，于是学着大人教的方法，用指甲或小刀轻刮树皮，发现黑壳里面还有青皮和湿气，就知道这树还是好端端的。春天一来，修剪得光秃秃的树桩上又发出一粒粒芽孢，像趴着的鹅黄色甲虫。十天半月后，那些甲虫就变成了容光焕发的绿叶新枝，到了初夏时节，那棵骨瘦如柴的光秃空桑就长成了一团绿色的伞，在对河的空地里十分扎眼。现在才觉得，沧海桑田这个词，倒不是我不能目睹的大海变成桑田的转世，而是我童年在家门口抬头就可以看见的那棵沟壑重重、皮壳掉落的苍老空桑春冬之间的又一次苏醒。

　　这棵空桑的年龄有多大，也无从知晓。在我看到它的时候，它就孤零零地长在对河的一片庄稼地里，在麦子收割后的五月，夏桑油绿，这棵老树在空荡的黄色田野里格外引人注目。放学后，伙伴们就要顺道过去看望这棵桑树。正午的阳光把麦茬晒得脆硬尖利，扎在大家光着的脚板上就会疼得钻心。如果哪一脚没有踩合适，尖锐的麦秸刀口正好刺在脚趾缝里的嫩肉上，马上会痛得腿脚一歪，失口而呼，然后便会坐在地上看是否流血了。如果在流血，就会找点干泥揉成粉，抹在流血的地方，血一会儿就止住了。有讲究一点的，则把脚伸出来，撒泡尿在脚趾上，也就万事大吉了。如果自己实在没有尿，就把脚伸到同伴面前说："哪个有尿，借一泡嘛？"于是，有货的同伴就会把裤腰带往下一扯，给他的血脚来上一阵热尿。为什么要用尿冲洗伤口，我一直没有想通这个道理，后来我问我爹，他说尿里含盐，温热的尿相当于晾冷的盐开水，可以消毒杀菌。生病输液输的盐水，就是生理盐水，与盐开水差不多。话虽这么说，但我还是觉得尿很脏。这些闪失的出现，并不会影响大伙对那棵空桑的热情，张望树上的青青桑葚一阵，然后又满怀憧憬地离去。

在时辰没有选对的时候去守望那棵空桑，会被河对面的主人发现，看到大家在地里窜，就会在对面屋前大吼："是哪个在地里乱踩！老子马上过来把脚杆给你宰了！"大家原本是顺着玉米秧外边的空地小心翼翼地踩，听到这一声大吼，都不管三七二十一，一窝蜂地从地里慌乱跑出来，明显感觉到脚底下有玉米苗在尖叫，但也全顾不上了。几天过后，始终不见桑葚转红，于是大家的兴趣慢慢消退，也就懒得天天过去了。看到别处的桑葚在发黑了，想必那棵老树上的桑葚也应该甜了，放学后，伙伴几个就在路边的草坪上玩着等天色暗下来，然后偷偷摸摸地窜到那棵老桑树下，爬上去找桑葚。我从小一直没劲，爬不上去，便同另几个伙伴蹲在树根，让一个力气大的家伙踩着我们的肩头，然后我们抱着树干慢慢站起来，帮这个伙伴上树，然后在树下指引他把树上全部的桑葚摘下来，大家用桑叶把这些紫黑发亮的桑葚包在一起，等树上的伙伴下来大家再平分这胜利的果实。

回到家里，虽然还回味着满口的甜味，可还得悄悄找肥皂把嘴巴洗得干干净净，不然，乌黑的嘴唇会被家长一眼看穿，又要挨打。特别有心计的，在过河的时候，就在河边挖把沙土，紧闭双唇，用沙土搓去嘴角的紫色。后来，大家总结交流方法，把桑葚直接悬空抛进嘴里，然后闭嘴细嚼，再不会担心染红嘴角了。

头一年偷过桑葚之后，好像到了第二年，那棵树就被砍了。大家都不养蚕，桑树留在那里，把土里的肥吸跑了，还影响别的庄稼生长，耕地也碍手碍脚的。即使是五月间耕地的时候，要把桑叶摘下来喂牛，都没有办法爬上那棵仿佛随时都会折断的老树。所以，这棵经历沧桑的老桑树终于在我们眼里消失了，让我的童年又少了一份快乐。直到今天，除了我，可能没有谁还会在几十年后想起那棵难以描述的空桑。

这棵空桑，如同我老家大院子里一个个我一看见就已经苍老的长辈，他们满脸皱纹，牙光嘴瘪，头发花白，成天在家做些小家务，然后就坐在阶沿上晒太阳看书。在我一天天长大的时候，他们也一天天悄悄地更加苍老。时不时一点小病，就会让他们长卧在床。终于有一天，突然听到一阵鞭炮骤响，我就知道，院里又有一位长辈走了。人到了应该走的时候，自然就会走的，桑树也是一样，只是，我们怀念的机会确实不多。再过些年辰，这些曾经活生生的乡村时光，可能就再也无从记起。

后来，我想，那棵空桑一定不是孤单的一棵，早先一定还有不少同伴，只不过，这棵空桑走得更晚了一些。就像村里那些孤独的老人，妻子或者老汉早早走了，留下他们独自一人在岁月里默默行走。早年，对河还是桑树成林的时候，这些弓腰趴背的老人还风华正茂，他们在桑下耕种劳作打情骂俏，在村里男耕女织生儿育女，经历了多少美好时光，到了离开的时候，也就如同一株空桑，在一轮一轮的盛衰之后，平静坦然地离开这个世界，完成自己的今生今世。

老桑的去世，终结了我的童年，同时，也让我们这个村子打开了一幅新画卷。

蚕　事

老桑已逝，新桑未栽。

村里没多少水源，靠天吃饭，对河只能种麦子、玉米、油菜、红苕这些旱粮。刚刚饿过几年的人们，生怕少收几颗庄稼，谁都不愿意栽桑荒地。从族人聚居的村子到对河的庄稼地，有几百上千米，要过一个小堰坝，然后还要爬上高低不平的沟坎。为了地里的庄稼长得壮实，村民们都要按季把家里的农家肥背过去，撒在地里或者埋在庄稼脚下。

农家肥虽然又脏又臭，但是养庄稼，村民们把这些臭不可闻的东西当成宝。农家肥的来源主要有两个途径，牲畜和人的粪便。家家都养有猪、牛、鸡、鸭这些，在猪和牛的圈里，一到冬天，就会给他们铺上厚厚的稻草，牛边吃边踩，猪则喜欢在草堆里睡懒觉。家畜们早就训练得能吃宿分离，吃饱了，就把粪便拉到一个角落，十天半月，主人就把这些粪便和沤烂的乱草用锈锄挖到一边，整个冬天下来，肥料就堆成一座小山。春天一到，便把这些臭烘烘但又热气腾腾的粪便挖进背篼，喘着气背进荒芜了一个冬天的田野。黑乎乎的农家肥从背篼里直接倒扣在地上，就是一座小小的山，这些小山一排一排均匀摆布，仿佛是围棋黑子的一方。在最初的几年里，黑子这一方一直是处于上风，但是后来形势就急转直下了，这个转变的根本原因是一种叫化肥的新式武器的出现。

不知道是种子的更新换代还是土地的苍老，地里的庄稼长出来后，即使用再多的农家肥，那些苗苗都长得慢而且不见得多壮实，这让村民们十分着急。该长枝干的节气，总不见那杆儿粗起来，该长籽实的时候，却总是秕壳。这样慢条斯理地长，会错过节气，更别想有收成了。村民们背着手天天在庄稼地边转来转去，愁眉不展，长吁短叹。到处打听，才知道没有使用化肥，有底肥，没有追肥，也赶不上趟。"人无横财不富，马无夜草不肥"，看来庄稼也喜欢偷懒，没有肥料就不想长。

"化肥"是一个笼统的称呼，是尿素、碳铵、磷肥等这些或白或灰的颗粒粉末的统称。碳铵是一种白色的细粉，装在黑色的胶袋子里，一打开，就有一股强烈的刺鼻气味。磷肥是一种灰色的粉末，尿素则是一粒粒亮晶晶的东西，像白糖一样可爱。尿素的肥效高，一般是当追肥。在庄稼应该长茎叶的时候，特别是玉米，舀一小勺倒在玉米的根部，用土一盖，三五天后，玉米就看见在长，几天便长得高高大大、壮壮实实的。正因为尿素的功效如此巨大，这东西就越紧俏。

如何买到几包尿素则成为大家的头等大事，到乡场上一打听，才发现这种肥料实行配送制。卖多少公斤蚕茧，然后才能买相应比例的尿素。桑树都砍得差不多了，哪里找蚕茧呢？听说邻乡的村民尚在栽桑养蚕，才是四处托人，过去买点尿素回来当追肥。千方百计买回来一小包尿素，还舍不得用，要等到节气上，在天黑之前才进地，要么把尿素兑水浇灌，要么就小心舀一小勺埋在禾苗根部。傍晚时分过去，一个晚上，尿素就化成水被禾苗全吞下去了，如果早上或者中午过去，太阳一出来，那肥料就被太阳吃了。太阳吃了肥料也不落粮食，所以村民们都是在太阳落山后才使用这些珍贵的肥料。

既然养蚕能补助尿素，于是有劳力的人家开始栽桑。当年栽树，第二年就已经能供应桑叶了。每年冬天还要把那些长长的枝条剪掉，让新枝开春苗壮成长。秋冬季节，还要在桑树根部刷一段石灰水，用来除虫。春天一到，那些光秃秃的桑树就迅速长出枝叶，等待春蚕的降生。

短短的一个季节，我就目睹了生命的一次轮回，仿佛人间的上帝，看到了我们的出生、成长、苍老和过世。我在奶奶家的柜子上发现了一张巴掌大小沾满小圆粒的硬纸，我偷偷压那些小圆粒，它们一下就瘪了，破了的还有些黏稠的东西流出来，后来才知道那就是蚕纸，上面那些小麻点就是蚕蛾下的蛋。养蚕的计量单位就是这纸的大小，每到领蚕种的时候，邻居们就会相互打听，你养了多少蚕？一张、半张！到底一张是多少半张是多少，除了蚕农，估计没有人清楚。几天没到奶奶家，我过去一看，那些小圆粒里面钻出了一条条小小的黑蚕，如同蚂蚁，它们不停地弯曲着身子，丑丑的样子。在这个时候，春桑叶也就出来了。在一个晴朗的上午，桑叶上的晨露刚刚干净时，奶奶就到院子外的桑园里，从桑枝顶端摘下一小把青翠嫩叶，回家切成细末，如同烟丝，然后把这些叶末撒在小竹筛里的蚕纸上。

这些小蚁蚕吃叶子细微得几乎看不见动静，但是一顿饭一过，就会发现它们的丰功伟绩，那些桑末的绿色全不见了，只留下一段段细细的叶脉，原来蚕食就是这么回事，在不知不觉中，就一点一点面临沦陷。小蚕住的屋子都很干燥阴暗，只要把门一关，就会听到满屋全是沙沙的声音，如同春夜听雨。蚁蚕吃饱后，全都趴在蚕纸上一动不动。要打整蚕纸时，奶奶就找来一根鸡毛，拿起蚕纸，用鸡毛柔软的羽翼把那些蚁蚕轻轻地拨到另一个筛子里，再切碎些桑叶喂它们。几周过后，那些小黑点就变成粗壮的灰白大虫，用手指一按，肉乎乎的，但有一种怕它转头就来上一口的恐怖。等到这些蚕长得与小指粗的时候，奶奶就开始扎草龙了。

草龙是麦秆做成的。把从根部割下的麦子成捆运回家，用铡刀切下麦穗，剩下的麦秆就是做草龙最好的材料。用两股稻草绳夹着整齐排放的麦秆，向一个方向扭动草绳，稻草绳一紧，麦秆就齐刷刷地撑起来，像一条长长的刺猬，又像一条毛骨匝立的长龙。扎好后的草龙从房梁上吊下来，就是蚕最后的涅槃之地。

吃饱了桑叶的蚕长得一白二胖，奶奶发现它们时常在蚕盘里抬着头作深思状并吐白东西的时候，就知道它们的心思了。于是就像在地里拣花生一样，把这些笨拙的家伙选进竹器里，然后拿到草龙跟前，一条条地往麦秆上放。蚕的身下是两排细细的脚趾，它们生怕从草龙上掉下来，一爬上去就紧紧抓住这些麦草，四处查看，仿佛在构思如何建造自己最后的家。

就几个时辰，草龙上的蚕已经把嘴里吐出的细细白丝在几根麦秆间牵线搭桥了，像蜘蛛结网。再过几天，丝网中心一团丝越来越厚，最后，连蚕也看不见了，蚕把自己藏在了茧中间。草龙上挂满了茧子，像棵结了一枚枚白色果子的树。春茧摘下，夏蚕又上架，然后还有秋蚕秋茧，夏秋两季，草龙上不是结着茧子就是忙着自缚的蚕。这粗粗的草龙，如同一排静静的转经轮，我们喜欢推着它们转动，小孩子转动的是童年快乐，而在大人们看来，他们转动的则是一大把一大把亮晶晶的钱币。

秋蚕过后，桑树就已经完成了一年的所有使命，于是叶辞枝头，桑树又准备开始冬眠。为了来年桑枝发达，秋后都要把长长的枝条剪去，让其养精蓄锐。这一捆一捆的桑条堆在地边，收工的时候背回家，就是秋冬最好的柴火。桑枝的火硬，有劲，桑烟缭绕的时候，村里炒菜炖肉的香气就开始四下飘散开来。看到一堆堆的桑枝，就仿佛看到了沸水里翻滚的肉骨头。

到了冬天的时候，实在冷得没有办法了，就把草龙架在院子里，大伙儿围在一起，点燃草龙，呼呼的火苗把大家烤得背心直冒汗。偶尔还会发现漏摘的茧，拨开烧焦茧壳，里面便落出一个黑乎乎香喷喷的蛹。大人们就会把小儿子叫过来，把那颗美味的蛹塞进孩子的嘴里，然后继续闲谈着村里的家长里短。

丝绸厂

川北常旱，交通不便，把劳力转换成蚕茧，很容易背出大山，所以乡民们早年喜欢蚕桑，因而，我的家乡早就有"绸都"的雅称。在进城之前，我在乡下只看到桑蚕和茧，从来没有看到过茧向绸缎或者衣物进化的蛛丝马迹。

早年，乡下还流传一副对联：空地栽桑，桑养蚕，蚕吐丝，丝织绫罗绸缎。这上联还很工整，于是人家就一次次不断演绎下联，最后，谜底居然是一句关于床笫的荤腥笑话。从诗经大雅到市井闲话，桑一直是人皆熟识和乐于言传的话题，这也足见桑麻之事的久长。

栽桑养蚕、吐丝织茧的过程，我在乡下已经目睹。茧之后的历程，我是在进城读书之后才有幸看见。在县城上学后，对于这些从农村来的孩子，学校隔三岔五就要组织社会实践，去开开眼界，有一次是参观县城的丝绸厂。因为可以不上课，于是大家都兴高采烈地步行下山去县城另一座山下的几幢灰色楼房。进入车间，一长排一长排的机器在隆隆声中有条不紊地上上下下或者来来回回，一个个戴着口罩的女工在机器前走来走去，把泡在热水里的茧的丝头捞起来，挂在一个细铁柄上，然后就看到那些厚厚的茧在丝的牵动下，上下翻腾。厚茧越来越薄，直至那个还在茧里睡觉的黑褐色蛹静静地落进水底。这些茧的丝缠在一起，很快就缠成一个丝锭，再把锭子拿到另外的车间，然后我们便看到一大把一大把理好的生丝。灰白的生丝发出柔和的光泽，我知道这是许多条蚕一生的心血，上面充满着多少爱和寄托。这些生丝绑上标签包装，就可以运往外地的绸厂或者进入自己的织绸车间。织绸车间就比缫丝车间干净多了，一锭一锭的生丝在机器的摆弄下，居然成了一匹一匹的绸，这个瞬间，真如同蚕蛾之间的蝶变，不可思议。

　　机械化操作的丝厂现在已经不景气了，手工缫丝的工艺也几近失传。有精明的商家则把蚕丝手工作坊摆上了城市的旅游商业区，让来来往往的游客参观蚕丝被子制作的过程，以现场手工制作的方式激起游客对绿色产品的购买欲望。在一个个木质黄桶里，工人拣出三个泡软的蚕茧，在一个弧形的竹条上一撑，就有巴掌大一块生丝，把这些生丝烘干后，缝进被面，就是冬暖夏凉的蚕丝被。蚕丝被我盖过，感觉没有棉花的松软舒服，沉甸甸的有些死板，不过不用担心黑心棉或者别的化工污染。

关于丝厂还有不少故事，当然这是日后听到的。丝厂大大的车间漂浮着一股酸臭的味道，但丝毫不影响那些戴口罩女工的美好传说。丝厂只招女工，来自全县各地的乡下姑娘都为能进城做工而欢欣鼓舞。能够进丝厂的女工只有两种情况，要么是有背景的，要么就是模样好看的。所以，当年城里的不少待业青年一到周末或者下班，就在丝厂门外游荡。其中有姿色好的、幸运的被富二代或者官二代选中，没多久也就调离丝厂。直到十几年后，当丝厂改制，那些老工人打着标语上访的时候，还在叫骂机关院子里的某个名字，想必，这个人就是从丝厂飞上高枝的。有时，当一个光鲜的女干部经过的时候，知道底细的还会悄悄在一边指指点点：这人原是丝厂的女工，似乎还有什么别的深意。

丝厂是个大企业，年轻人多，漂亮女工也不少，早年的文艺工作做得好。每次地方上开展文艺活动，歌咏比赛或者运动会，丝厂代表队总会争到前三名。当丝厂代表们穿着统一的服装意气风发地站上舞台或者来到比赛场，下面的掌声和尖叫"哗哗"地就响起了。万万没有想到，这种无与伦比的优势他们居然在上访的时候也给予了充分发挥。在改制的攻坚时期，丝绸厂的男女工人一早就来到机关大门外，请求领导接见，黑压压的工人首先与门卫对峙起来，面对蜂拥而来的愤怒工人，门卫只得锁了大门，躲藏在屋里不露面。当然，这个上访团队中以女人和老人居多，这样的组合是块难以轻易消化的石头。一连几天，大门都被堵塞得严严实实的，里面的出不来，外面的进不去。有天上午，突然听到一阵合唱的声音，循声望去，原来这些丝厂工人列队站在大门外，还是那个指挥正熟练地指挥工人们合唱他们早年的得奖歌曲。不少路人和机关的职工都过去围观，不时还有叫好声响起。这种情形持续了四五天后，大门突然打开，一队武警如同一根绿色的棍子，向大门外扫去，人群一下就散开了，随后抓获了几个组织者。警车一走，几天来的闹剧戛然而止。围观者觉得最后这几分钟才是最精彩的片段，见再没有了看头，也散开了。事后，各方相关人员也因此受到了处分，丝厂工人再也没有集体前来上访了。不久以后，又听到邻近的城市，丝厂工人也集体堵了大桥，堵了国道。

　　在丝绸风光的那些年辰，全县大大小小的丝厂不少。每个乡镇都有茧站，一个区也有个丝厂，不少乡下姑娘进入当地丝厂成为工人。直到多年以后，丝绸行业凋敝，丝厂也一个一个关门，这些女工只得重新寻找活路。我也曾道听途说，她们中间有人上街擦鞋路边摆摊，也有人不得不擦着厚厚的粉脂，在华灯初上的时候，进入发廊里做着一些不可知的营生。

一枚茧子，在无人预知的未来，就如此轻易地改写了一个个普通人的命运。

蚕业合作社

蚕桑的兴衰，已经不在于是否水土相服，而在于丝绸的国际行情。这些蚕农，很少出过省的，更别说国门了，他们不知道影响丝织品价格的杠杆只要在外国一抖，就会直接影响到千里之外亚洲大陆深山中普通农户蚕茧的直接收入，是亏是盈，就已经无可逆转。很多时候，他们都像无头苍蝇，茧价高的时候，就家家户户争着养蚕，价格回落的时候，就观望一阵子，如果价格一直不见上涨，于是就开始大批地砍挖桑树。多收了三五斗，已经不再是丰收的标准了。

早些年，村民们的身家性命全拴在土地上，没有办法，要活命，只得天天望着那三五块地，什么价格高，来年就种什么，可是总是赶不上趟。今年蚕茧价高，等大家伙都一窝蜂养蚕的时候，来年价格就下滑了，等大家都把桑树挖得差不多了，茧价又上涨了。是不是有人在故意作弄这些勤苦的蚕农呢？不少人也在寻找这个答案，人家的回答如同谜语更让人费解：市场规律。这就是市场规律，物以稀为贵，因滥而贱。可是，对于老实巴交的蚕农来说，他们成天哪有多少时间和精力去寻找这看不见摸不着没有颜色没有味道的市场规律呢？再说，茧子又不能吃不能穿，如果不按时去烘烤，那些闷在茧里的蚕憋不住了，就要变成蛾子，破茧而出。这下，茧无用了，蛾也飞了，一季的心血又泡汤了。所以，茧子再贱都得处理掉，不然血本无归。对于乡下人来说，这次吃亏不要紧，但是下次就不与你打交道了。吃了一次亏，哪有再吃亏的，所以就永远不再养蚕了。于是，蚕事式微，一蹶不振。

在我中学快毕业那阵子，村民们可以自由外出挣钱了，这与当年走村串户耍猴戏、剃头和卖锅碗不一样，这是出省挣大钱。出去的人从沿海带回来一个词叫"打工"，看到打工回来的人的派头和胀鼓鼓的钱包，大家都争先恐后地跑向外省打工，村里的庄稼地都无人顾及，更不说累死累活的蚕事了。

开初，村民们还请在家的人户帮着种一下地，农业税这些则用打工挣的钱寄回来上缴，毕竟是自己家的土地，荒了怪可惜的。没过几年，种土地不交税了，皇粮国税全免了，这下大伙更放心了，反正也不交钱，土地爱咋办就咋办。幸好我们老家偏僻，那些土地没有开发商会看中，所以也就安然无恙。村民们外出几年，把儿女也带出去，父母也能自食其力，几十年回来后，那些土地还是自己家的，所以大家走得很放心，无牵无挂，专心挣钱。

农田毕竟是长庄稼的，闲着总归不好。于是，有人开始想办法让大家重回农田，只不过经营方式与以往不一样了。单家独户的方式已经不行了，人都不在，如何组织呢？于是，有人就把村里的地一片一片地承包过来，建起一个新的组织，叫农业合作社。这个名字早年也有过，只不过这个是新型的专业合作社。那些在外的村民们，得知自己闲着的土地也有出租的机会，于是也乐意让人家料理，免得荒芜。承包过来的土地，不再像早年那样条块为阵，田边地界全挖了，一大片一大片地进行耕种，如同露天的工厂车间。

有对蚕桑上心的农民，把自家的和承包过来的土地全栽上了桑树，于是这个合作社就叫"蚕业合作社"；种植葡萄的叫"葡萄种植专业合作社"；栽中药材的就叫"中药材种植专业合作社"；养鸡养猪的叫"养殖专业合作社"……这些合作社如同一家家开在农村的厂房，在这里生产原材料，然后再提供给公司，让公司后续加工。"蚕业合作社"是农村的一个新事物，合作社把村里所有闲置的土地承包三五十年，然后业主请来技术员，栽上优质的桑树，再建一大片蚕房。到了看管桑树的时节，就把周围团转在家的农民请来，一百两百元一天，一起下地修枝杀虫，到了春桑含绿的时候，又把农民请来，一起下地采桑，侍弄小蚕。要做的事，与当年蚕农各家各户做的一样，只不过，几百张蚕纸，一长排蚕房，比当年散落在单家独户的更壮观更气派。这样，有技术员专业的指导，管理和饲养更到位，蚕茧更白更重了，当然销路更好。在合作社里，管桑的只管桑，养蚕的只养蚕，卖茧的只卖茧，不像当年一家人要把这么多的事操心完，想来，这样也更单纯省心，不像早年总是忙忙碌碌顾此失彼。

早年村里劳力多，一到闲时，每个院子里都是耍人转悠，不找点事做反而无聊，多做点无用功也无所谓。但是现在不一样了，精壮好汉全外出打工了，留在家里的，多半都是老弱病残，这些人正好组织起来，在家里做做采桑养蚕的轻巧活，而且人多也热闹，少了留守在家的孤独。

在家栽桑养蚕的少了，茧价自然也就上去了，进了城的那些青年农民，谁还愿意回家养蚕呢？这些不想或者不能外出的蚕农，就进了合作社，在自己的老家周围开始自己的打工生活。在哪里都是挣钱养家，在外面还要交房租水费电费车费，人生地不熟的，哪有在自家门口挣钱方便呢？于是，合作社的生意也越来越兴隆，桑园的地盘也越来越大，直到这一方土地全成了桑海。

蚕业合作社就建在村子里面，看上去就是一排普通的农舍，里面是几间宽敞的大屋，我们过去的时候，里面正好堆了长长的几大堆蚕茧。这些蚕茧堆成梯形长垄，如同一条条巨大的白色金砖。我也不知道这些金砖样的茧山能值多少钱，于是随口问身边的同行："这间屋里的茧子可能要值十万元吧？""不止，这屋的茧至少值三十万元。""如果要卖三十万元的麦子，这几间屋就是堆到房顶也估计不够。看来，这生意还划算。""你没有看到茧价下跌的时候，分钱不值。"想想也是，只要沾上了市场的边，起落沉浮谁能预料？

不过，早年消失的桑树，又回到土地上，汇聚成了一片绿色的海，这是沧海桑田还是桑海？三十年河东，三十年河西。村庄在这里衰老，也在这里复活，这或许就是重生或者又一个轮回。

春桑园

我第一次进入那片桑园，是陪一行采风的摄影师过去。

早知道那边有一片桑海，还有一个远近闻名的蚕业合作社，但是具体是何等盛况，也无法联想。

弯弯曲曲的水泥公路在山丘上下环绕，不时有左拐右拐的急弯，但是毕竟路面与早年的山路已经有天壤之别了。山路两边不时经过居民聚居点的一排一排小洋楼，虽然基本上都关门闭户，但是不难想象，春节一到，各家各户就会春联红红鞭炮阵阵。

先经过一片立满一人多高的水泥桩的田野，那是葡萄园的阵营。横竖成行的水泥桩灰扑扑地栽了一大片，在葡萄藤还没有上架的时候，有一种十分庄严肃穆的气场。葡萄园过去，是一片一片的荷田，虽然全是残荷的枯枝败叶，但是也有几枝早荷伸出了长长的颈项，一看就知道，几个月后，这就是一枝漂亮的莲花。

揭开桑园面纱的，首先是一片白茫茫的春雪。走进一看，雪不见了，原来是桑树干上刷的一层白白的石灰水。修枝后矮矮的树干全刷白了，像一个个扭着腰身的大姑娘。这一排一排的大姑娘露着水蛇般的身子，整整齐齐地站在春天的阳光下，我想，她们一定是在举行一个盛大仪式，这些穿着洁白衣衫的女子还手举着几簇绿色的心形花环，在风中招摇。我从来没有见过如此盛大的仪式，当然，我也可以想象成这是在迎接新的节气或者新的生命的到来。对于新生命的到来，如何盛大都不为过。

　　同行的摄影师早已忙碌不停，他们用自己的方式记录生命的另一种震撼。在这一片修剪过后的新桑园边，还有一片未嫁接过的毛桑，虽然一个冬天已经过去，但是它们全被厚厚的叶子裹着，如同一堵密不透风的桑墙，这又是如何的一种姿势？为了迎接春天的到来，桑树已经展示了它们足够的才情。

　　一群鹅高歌着过来，摇摆着身子，在桑树的空行间瞻前顾后，这阵势，如同检阅。在静静的桑阵里，鹅的加入，让摄影师们觉得更增添了生活的气息，这是自然的合作，我们只在旁观。对于即将破壳而出的蚕，它们又一次生命的轮回即将开始，我们又能在其中做一点什么呢？

　　细看桑园，所有的桑树都修剪得很矮，不及人腰，树干很粗，顶端是剪断的许多小枝丫，像一柄柄叉子，又像一只只受伤的手。这种矮小的树干，到了夏天，我想也不会长得多高，只让桑树长叶子，不让桑树长个子。在这么低矮的桑树底下，还可能有什么浪漫的故事发生呢？想必西周的桑树从不修枝，因而才会长得那么高大，所以才会有青年男女在树下说说爱情，然后被那些能写诗作赋的书生发现，挥就成一个个流传千年的经典，滋养一代又一代的文学青年。这一片一片的桑海，我想是不会激发更多诗人的灵感，只会收获更多的桑叶，转换成更多的茧子和钞票。再经过几百上千年，关于桑的故事，或许还是起于西周，止于西周，后面的，还有谁来续写？关于桑，或许西周才是它的文学黄金时代，此后，它只不过是给蚕提供食物的一种普通植物。

附近有几套农家院落，门前收拾得干干净净，但是门都关着。如果柱子上贴了红红对联的，那就说明主人春节是在家里过的。那些没有对联的，就表示全家都在外过年，至于他们什么时候再回来，还会不会回到这个小山村，谁也不知道。静静的山村，只有桑树还在家里，其余的全都外出了。

春天一次次到来，光景一次次变化，如同这春桑，无论是沧海还是桑田，风光还是落寞，都经过得如此平静，或许，这才是自然之道。

我查了一下上次进入桑园的时间，是2012年4月8日，当时我就写下"春桑园"三个字，现在算来，完成一次纪念居然要这么久。看来，人这一生，能纪念的或者有时间纪念的，确实没有多少。

2013年12月31日

（刊于《光明日报》2014年4月11日）

工业园

入夏以来，我时常在工业园出入来回。只是，我的身份不是一个务工者或者视察者，而是一个无所事事的临时陪驾。

工业园在县城的南面，之前是一条破街外面的庄稼地和垃圾场，除了拾荒者和大大小小的野物经常光顾外，估计再没有谁觉得那将会是一块寸土寸金的处女地。那一片地，许多人也是周末时爬到对面山上才会看到，都一晃而过，没有多少可以注目的景致。后来，当这一片地域被冠名为工业园之后，才开始频频亮相炙手可热。

"工业园"是在不同场合听到的一个新名词。大概是许多沿海的工厂成批向内地搬迁，内地各地想方设法把他们请进来，免费给他们提供一个区域，让其落户建厂经营，仿佛遇上天降甘霖，伸伸手就会满钵满罐。同时，本地的一些工厂，从国营或者集体转身成为私企后，也都纷纷安置在这里，成为一个工厂的大排档。之前我也没有想过这些外省的老板咋会往这些偏远的山区钻，后来听说是什么产业结构调整升级、生产经营观念转变云云，让这些早年大城市才有的工厂也上山下乡了，让我们大开了眼界，知道什么叫流水线、一体化、标准化。"你发财我发展""承接产业转移""POT模式"，等等，则成为经常听到的时髦词语，还有不少新名词也随着这些工厂的进入开始在耳边飘来荡去成为口头禅。但偶尔也听到有人在钻牛角尖，说什么人家升级，把一些制造黑烟、毒水、噪声的工厂赶到内地，对于没有见过大工厂的我们来说，也算是给我们升了一级。这一来一接，倒又仿佛有了一种娶了一个二手老婆的滋味。

偶尔经过一条围墙夹着的长长公路，发现围墙里面是一溜一溜的彩钢瓦棚，把这一块块地围得严严实实的，没看到高大的烟囱，也没有听到隆隆的轰鸣，更没有车来车往人头涌动。顺着长长的围墙走了好久，才发现一处围墙的缺口，缺口处是高级的自动伸缩门和一间小屋子，屋里面坐着一个穿制服的老人，我还在一头张望，那里面的老头就吆喝："做啥？"我赶忙说随便看看，然后往别处走。

这一路的院子都差不多，门口的水泥矮墙或者院里的高楼上都有一长串钢材做金字招牌，"股份有限公司""实业集团"

的字样霸气十足，让人猛地涌起一阵敬畏。

　　大路两边，围墙栏杆一段接着一段，然后在远处又四方分岔，仿佛是一座巨大的迷宫。这迷宫一样的街区我只是有一次迷了路才绕了进去，越走越远，好不容易才遇到一个同样钻进来迷了路的出租车才顺利出去，这之后再也不敢往那个方向走动，还时常担心那些务工者会不会在这些偏僻的小巷遇到抢劫作恶的小混混。

　　妻子趁暑假抽空报了驾校，先在河滩上的教练场练了几周，然后说换到了一个新的地方练车，在工业园里面。每天上午，我都要送她到新的练车点，然后傍晚时分也要过去单独练一会儿。接连一个月，我都要在一处废弃的伸缩门口经过，生怕不小心把车刮上。

　　新的教练场，其实就是工业园办公区外的一个小坝，七米多宽，二十多米长的一块水泥地，地上让那些挂靠着一个叫"阳光驾校"的私家教练画了些白色黄色的框框，这就是几十个学员掌握看家本领的培训基地。这小块地方，只够两辆白壳子的普桑慢慢蠕动。每天下午，我把车开进这个小坝子后，妻子就独自练习，我便四下转悠。

　　小坝子南面的围墙一直抵到西面长满灌木的山坡，北面的来路和杂乱的满是蒿草的草坪与东面的几栋小楼一起就围成了一个小院。小院铁门半掩着，里面也是半人高的草和一些空塑料瓶，因为怕蛇，没敢进去。铁门边的水泥门柱上挂着两个木质吊牌，上面红色的文字掩映在门边浓密树叶间，那字的红色暗淡下去了，上面关键的文字也藏在草叶间，只公开着"工业园区管委会"这几个字。我暗自发笑，那些草叶真是善解人意，长在了该长的地方。

这个小院后面是一长排铝合金板围成的厂房，外面是一个篮球场。每天下午，有三四辆轿车开过来停在路边，下来几个年轻男女打篮球，有辆宝马每天必到。厂房有时门也开着，远远望过去，里面是绿色的地板，看上去像个室内网球场。经过厂房的围墙外，听到里面不时传出轻松的笑闹声。厂房的尾部，从敞开的窗户看过去，有两台机床，不知是制作什么零件的。外面的露天坝里堆着一堆煤，停着一辆小铲车，还有几个梯级水池，这些都让人搞不明白这个实业公司经营的到底是什么实业。

我时常背向那个模糊的吊牌，看另一面围墙里面的另一个工厂。一长排工棚外的水泥地上，摆着一堆一堆的锈黄铸件，那些铸铁冲压的形状，对我来说也是个谜，不知道是哪种机车上的零件。它们这里放一堆，那里放一堆，在露天坝里盖上了一层厚厚的锈。工厂的大门一直锁着，里面没有机器的声响，也没有人影晃动。如果不是这个挂靠的临时教练场每天有几辆车来龟行，如果不是有十多二十个学员坐在树荫下轮班等着练车，这一片厂区估计就会像当初一样被人遗忘。

这一片地有多少段路，有多少部伸缩门我也不知道。登上小城中间的山岭，四下望去，看到一片蓝色的彩钢瓦，一长排一长排的箱式建筑，我便知道那是工业园。工业园的产品传说都远销东南亚甚至更远，我们本地也看不到也用不上，所以关心的人不多。从小城到外面的高速路上，不时有巨幅的广告柱，上面罗列着一系列集团落户的消息，展示着某种产品又在海外获奖的喜讯，很让人振奋。偶尔看到一些精美的包装盒上面，产址就写着我们的工业园，都让人欣喜得甚至怀疑这是不是真的。用惯了别人的产品，当自己的产品出来的时候，居然还不敢相信。

工业园远不止我们早年看到的那一片荒芜的土地，一个个集团落地，围墙就一天天往外伸展。我有次偶然陪朋友进入一个厂区，从一部相似的伸缩门进去，是一块大大的草坪，草坪北面是一长排厂棚，旁边是一栋四层的小楼，小楼上立着几个巨大的铁字：某某建材集团。我想看看里面到底在生产什么，进去后，发现厂棚里面空荡荡的，在厂棚一边隔的一间小屋里，摆着几十张色彩斑斓的瓷砖样品，其余的就成箱堆在另一间房子里。我一打听，这是沿海城市的厂家在这里租的仓库，然后批量给小城里的店铺供货。

当我悄悄问身边的朋友："这么大一个工厂就这样空起，这集团还赚什么钱呢？"我那朋友微微一笑咕噜了一句："这地盘过几年就是一块金子了，放在这里就在赚钱。"

工业园外不远处有一片区域，大家都叫新南花园，不过一直也没有看到花园在哪里，倒有一个街心转盘，五条街在这里汇绕，车来人往，虽不是繁华商区，倒也算是人流量极大。转盘花坛上没见开些什么花，倒时常看到花坛边沿上坐着一个个乡下来的农民工，把背篓放在一边，三五个坐在一起等待雇主过来招呼。装修房屋要背水泥、搬家要抬家具这些，大家都会到这个花坛来转一下，找几个看上去身强力壮、面容老实的农民工过去，几个小时就挣个百把块钱，然后擦擦汗，又回到花坛静坐。

这些怀揣丰富耕种经验的农民工，义无反顾地来到这个小城，却用最原始的方式挣钱养家。虽然同是汗流浃背，但是与在乡下相比，这汗水的价格的确有天壤之别。估计在城里守株待兔坐上几个月，就抵得上乡下起早摸黑一年半载，谁还愿意那样安贫乐呢？即使是想在乡下过清静日子，可是完男婚女、生疮害病，那点微薄的收入又如何能够糊口，所以，进城也就迫不得已。更何况，就像工业园一样，占了的土地，分得了一些补偿又能支撑好久呢？

由于外来的集团越来越多，老城区这边的地盘已经不够了，于是在城区的江对面，又增加了一个工业园。每天太阳出来的时候，如果在楼顶或者山顶，面向东方，就会看到一排排的工棚和一个个的高架，到底是些什么设备也不知道，有生产水泥的巨大铁罐，有生产木板的高大机械，还有啤酒家具等等。在晨曦之中，远远看到那些在黑暗中的轮廓，仿佛童话里的城堡。那些城堡静静站在河对面，我们想那一定是个成天落黄金的童话世界。只不过，在偶尔无意中的傍晚和早上，会发现那些城堡上空出现一条粗粗的浓烟，仿佛不曾移动的龙卷风，大家都忙忙碌碌，谁也不会觉得那不动的龙卷风会如同美洲的龙卷风，将刮到自己身边。偶尔在网上发现一些照片，一条条小溪淌着墨黑的水，有人也会想到，莫不是在学王羲之吧，王羲之早年有个练字的墨池，那这个墨溪又是谁的杰作呢？

不时在电视上看到一批又一批集团又在工业园落户了，也不时看到奠基礼在一次次举行，不少的合约也在签订，可是，工业园上那些早先的主人，他们而今又身在何方？那个曾经的教练场又作什么用途了呢？当然，不少熟悉的集团也慢慢销声匿迹，想必它们已经撤出或者破产了，真正财大气粗的，或许根本不会到这偏僻的山区淘金吧。

对于工业园里一些企业的离去，我虽然知晓的不太多，但偶尔也能听到几例。有一个曾经号称在某个区域是最大的一个獭兔养殖基地在本地落户，公路边有一个高大的广告牌，一长队肥胖喜人的大白兔在这个立柱上夜以继日眼都不眨地站了大半年，后来，我却在本地的报刊上发现一段文字说，这竟然是一个诈骗团伙的做"科"云云。还有一些公司的名字许久也没有人提起，一打听，才知道他们已说过"轻轻地，我走了"，只留下一些似是而非的类似"JQK"的传说。"JQK"是扑克里面的名称，读作"勾诓喀"，翻译成白话文就是"勾引过来，诓着，最后就喀嚓一刀拿下"。那些在这工业园稍作停留的集团，到底是不是已经"咔嚓"了还是在等待"咔嚓"，就不得而知了。

工业园，这嫁接来的异乡枝条，你到底能长出什么样的新叶？这南来的枝条啊，你合不合我们的水土？你到成活发芽，你到叶茂根深，还要多久？要找到适合这方气候的品种，还要这样嫁接多少回？

直到半年过后，我偶然在微信的朋友圈看到几张照片，那绿棚里面的确是几个网球场，这个朋友还在微信上签名"挥汗如雨，享受运动的快乐"，这个信息来得的确意外。工业园，那长长的围墙还遮挡着多少我们看不到的人事呢？

2013年10月11日

（刊于《山东文学》2016年第4期）

五月野蒿

那个夏天，我发现蒿一直在疯长。

西边一波一波荡过来的震动到了我居住的小城，已经成为强弩之末。在初期的惊吓之余，人们已经习惯只在天亮之后互相打听昨夜的响动，随着震动渐次弱少，人们都不再把这事挂在心上，又开始忙碌起庸常的柴米油盐。

广场上的防震棚早已拆除，山坡上还有零零星星的塑料薄膜顶成的三角棚，只是里面空无一人，有的还有光秃秃的木架子床、破烂的席梦思和不少方便面包装袋零乱地蒙在里面。震动趋于波平浪静，小城一如往昔，从人面和地面上早已看不出半点强震的痕迹了。

我也开始了正常的作息，每天一早准时爬上城后的灵云山舒活筋骨。如果不是偶尔抬头看到天上一绺一绺肋骨一样

245

的云，我也不会如此深刻地留意起路边的蒿。不知什么时候，路边的蒿已经开出了成片白色的花。每一株野蒿都托着一面由许多小花围成的圆而平展的花盘，紧密地排在路边，白花花的一片。过去倒不觉得，现在看来，却十分刺眼。这一朵朵白色的花，难道是上天对北川、汶川甚至海地、智利那些亡灵的祭奠吗？

每天一早，我都要从这片野蒿地边走过，杂乱的蒿草一个劲地长，把狗尾草、茅草全压在了下面，只有它们高高地伸展出来，托举着白色的花圈直对着天空，似乎在控诉苍天。俯下身来，放眼一望，白茫茫的，仿佛进行着一场隆重而持久的葬礼。我不敢停留在这片野蒿地边，每次只是深深地望几眼。

儿时乡下，经常到庄稼地里除草，其中也有不少蒿草，每次都把它们连根拔起，摔在地边，几天过后，发现它们又弯着腰长了起来，还开出了花。于是一再用锄头把它们拦腰斩断再埋进地下，可是过几天后，从那些裸露的茎干上，又长出了一株小苗，无法根除，真缠得让人难受。而现在，看到这些野蒿，我却感到悲凉，北川、汶川、海地那些塌方和泥石流下的生命，也应该像这些野蒿一样，过些时日，从地下重新生长出来啊！那些少了腿脚和手臂的兄弟姐妹，也应该像野蒿一样，重新长出新的腿脚和臂膀啊！连野蒿都可以死而复生，人为什么还如此无能为力呢？我不止一次地想，如果那些埋在地下的生命，都能够像贺晨曦、郎铮一样，经过几个昼夜甚至三年五载，从地下像种子一样重新生长出来，欢笑着奔跑着，扑向亲人，那是多么值得泪雨倾盆跪谢苍天的一幕啊！然而，这只能是梦幻。

生命，在此刻为什么连草木都不如呢？

那个夏天，我也习惯了每天早晚留意一下天空的云彩。有好几个早晨和夜晚，我都发现西北或西南的天空有着一排一排的云条，有时是长长一条，也有过两条并行的，醒目地扯在天空。我多么希望这是飞机喷出的尾气啊，然而，总是在我发现这些云条之后的当天晚上或者第二天下午，攀枝花、汶川、北川、云南、陕西等地又传来了地震的消息。我也不能确认那些是不是传说中的地震云，但是验证过几次后，我都觉得不可思议。有几次，我发现天空的这些秘密后，于是给同事们开玩笑说："我估计今天晚上到明天之间，可能有个四级。"只能是开玩笑，不然我将落个造谣的恶名。真没想到，第二天一早，就有朋友早早地打来电话吃惊地告诉我："昨天晚上真的动了！"我也不知道这是为什么，这只能算是太多的巧合吧。从此，我便害怕了那些不祥的云，只要发现这些肋骨般的云条，我心里就要暗自嘀咕：哪里又要遭劫了？难道上天要带走谁，就会在天空公布一个花名册吗？那一排一排的云，不会是那些已经死去或者即将死去的人的名单吧？如果真是这样，那一朵朵蒿花也该不会是一个个地震中的亡灵吧？

老子曾经说过："天地不仁，以万物为刍狗。"这句话，我们到底应该如何解读呢？

我轻轻经过蒿花盛开的草坪，怀念着那些远去的罹难者，我也觉得奇怪，蒿花为何偏偏在这个季节如此盛开呢？我回家翻了翻书，看到一句关于《蒿里行》的注脚："蒿同薨，枯也，人死则枯槁。""蒿里"指死人所处之地。《蒿里行》是汉乐府的一个曲调名，原属汉乐府《相和歌·相和曲》，古辞现存，为古时人们送葬时所唱的挽歌。我不由得心惊，挽歌！怎么是挽歌呢？难道几千年前，蒿就与丧联系在一起了？曹操也有《蒿里行》一首传世，是以古题写汉末的史实："白骨露于野，千里无鸡鸣。生民百遗一，念之断人肠。"或许，蒿真的是天生的丧物。千百年来，不少文人士子把草芥与黎民相提，的确，在天灾面前，人的生命力真的连草芥都还不如。我们可以夸大人类的意志，我们可以强调人类的精神能动，但在自然法则面前，人类的确还有许多不及草木的致命弱势。一朵小小蒿花的盛开与人类一路走来的重重灾难，有谁知道，它们共同经历了多少劫难，才最后落入汉代诗官的笔下，定格成《蒿里行》，成为一曲悠远的悲歌？

看来，蒿花盛开的流年，必定是人世的灾年。

蒿，遍布乡村。每到夏夜，蚊虫四起，村民们便到房前屋后随手割上几大把青蒿，架在柴火上熏蚊驱虫。柴火熊熊燃起后，一大把湿漉漉的蒿草盖上去，乳白的浓烟就冒起来了。主妇们便拿把扇子把这股酸臭的浓烟往每间屋子里扇，人都呛得泪流气断，蚊虫自然也无计可施。除此之外，如果谁身上长疮，便采点青蒿回来，放进锅里熬成苦蒿水洗澡，能杀菌消毒除痱。不能不说，蒿与乡民是生息与共的。

那个五月，川西一个村子一个村子的村民都在地震中深埋进土壤，他们再也不能慢慢地从地下的缝隙中生长出来，只有那些野蒿，在人们不经意间，静静来到地面，捧着一束束洁白的花，默默守望在先前村民们成天嬉笑打闹代代繁衍生息的土地上，进行着深邃的交流。

漫山遍野开满了洁白的蒿花，这些，如果不是泥石下村民复出的灵魂，就是野蒿在怀念那些远去的乡邻了。

整个五月，野蒿都白花花地开放在山坡上。电视上不时通报着汶川地震死亡和失踪的人数，从北川、汶川、汉旺回来的人也传说着震后难以言说的惨景。我宁愿相信，这满山的野蒿，就是一面面哀悼的花圈。谁说草木无情？谁说人非草木？在这个星球上，人与草木一样，都是一个细胞分裂出来的后代，只是那些细胞排列组合的方式和进化的方向不同而已。面对如此突如其来的灭顶之灾，又有谁还能说命运可以预测呢？难道那十万同胞命中注定要遭此大劫？难道牛栏沟、东河口就是宿命中灾祸的源头？难道海地、智利，也不能脱离中国古老的占卜？一切都不可预见。李白说过，天地者万物之逆旅，光阴者百代之过客。人生须臾，生命如寄。人，作为这个星球上寄生的物种之一，承受、忍受或许才是唯一的选择。天行健，君子以自强不息；地势坤，君子以厚德载物。效天法地，顺其自然，这或许才是先哲想说的。

野蒿没有更多的言语，它只是在这个生命力最旺盛的季节，为永远逝去的生命表示着自己哀悼。虽然没有谁会采一朵蒿花放在故人的坟头，或者用一束蒿草祭奠亡灵，但是，野蒿却是这个季节最伤痛的祭奠者，蒿花却是这个季节最悲情的花朵。露天宿地、朝朝暮暮，野蒿们都静守在罹难者离开的土地上，追忆一去不复的日子，怀想离去的无辜者，或者反思灾难的源头。

其实，人类自降生在这个星球以来，一直灾难不绝。正是在重重灾难中，人类才一路突围，学会生存，慢慢成长壮大，超越别的物种，成为这个星球的主宰者之一。可是，人类进化到今天，增长的不只是力量，还有痴心妄想，人们以为可以支配甚至毁灭别的物种，就可以征服一切。人啊，在什么时候才可以更加清醒？才可以更加理智？其实，承载生命的地球，以及承载地球的太空，是不可征服的。征服，只是人类自我的强心针。纵有豪情壮志，纵有补天梦想，大地只这么随意地抖动九十秒，一切皆如尘土。可怜那些无辜的生灵，可怜那些转瞬即逝的兄弟姐妹。回过头来，我们不得不深思，人的生命本身与人的理想或者妄想之间的实际距离。

虽然野蒿是这个季节忠实的吊唁者，但是，它又何尝不是无辜的罹难者或者即将罹难的冤魂。野蒿与人一样，从造物之初的一个细胞分散开后，就一直生长在山山野野，与世无争，淡忘红尘，远在汉朝就成为民间歌谣而后进入乐府，也算是史上有名，然而，到了几千年后的今天，野蒿又能在哪里安身立命？还会有多少灭顶之灾？野蒿的劫数，没有多少来自天灾，更多的却是人祸。不能不说，工业化的圈地、商业化的灭种，让野蒿惨遭杀戮，让野蒿无地可生。虽然野蒿的死亡，没有鲜血，没有哭喊，但是一样的血腥。追逐利益的人们在屠戮物种的同时，也把人类自己一步一步逼上了绝境。人的死亡，还有野蒿开着白花悼念，野蒿死亡，只有商人、政客的冷面。野蒿们都灭绝了，当人类告别这个星球时，还有谁用什么来悼念呢？

难道，野蒿在五月开满惨白的花，是在提前追悼自己的葬礼吗？

去年十月，我到成都龙泉学习，发现街边的绿草坪上，有几株盛开的桃花。是龙泉的春天来得特别早吗？不，原来那是几株纤维制成的桃花。不得不承认那花开得绚烂，开得持久。然而，那只是工业时代盛开的伪桃花，是工业樊篱里物化的人们的桃花梦，是一个美丽的干瘪谎言。但，这也是一个绝好的预言，如果人类不再节制，不再加紧保护地球，不再善待世上万物，总有一天，人类只能如此欣赏桃花以及其他了。野蒿当然还没有福分"塑"进城市，成为风景，但是，野蒿那份悲悯之心，又有谁能成功复制？不得不佩服人类，在把自己推向绝境的同时，还不停画饼充饥，还不停地自欺欺人。

灾难过后，又有多少个心灵还有野蒿般的大悲情怀？又有多少个大脑还在追问着灾祸的由来？谁都不清楚。对于那些与人类一样的并与人类相依相存的世上万物，作为自封为地球的主宰的人类，对它们还有几分怜悯几分宽厚？

野蒿，是否终极悲剧的预言家？

野蒿在那个五月白晃晃地开着，把所有的述说化为尘世中的无声之音，把所有的悲苦化作一枚丑丑的白色小花，仿佛谜面一样在红尘中摇曳。看着山间无言的野蒿，我看到了世间万物之间的相互悲悯，我看到了芸芸众生的终极宿命，我看到了一个智者的悲凉背影……

这个五月，野蒿仍将开放，让我们怀着悲悯之心去聆听它冥冥之中的言说吧。

2010年3月9日

（刊于《青年作家》2010年第5期）

一个村庄的地名志
——又一个村庄消失前的最后解密

在乡下，如果用经纬定位法去精确定位某地，用老家农村的话说就是"顶上碓窝耍狮子，累死不讨好"。

那些草木、河池、山石田土，甚至某段典故或者逸事都是乡村的坐标。这些乡村坐标，如同一个个村落密码，在本村流行通用，跨过一个河沟或者翻过一座山垭，如果不给解码，别人打死都不会明白那些清清楚楚的地名到底指向何处。

相对于城市而言，村庄没有那么直白。城市的街名、路名、店名一长溜全亮晃晃地挂在露天坝里，真正的内容全藏进水泥、玻璃的墙里，那么生硬虚假，如同一个个陷阱，同时还让人养成视而不见的恶习。乡村则不一样，文字在乡下是多余的，碾磙、磨盘、水车这些全活生生地摆在那里，真实生动。城市留给人们的永远是精彩的封面，而农村直接就是画面般的正文。

我固执地认为，在城市生活久了，目光就会呆滞，灵气也会枯竭，这也是城市人经常下乡接地气的原因。

科技是条好狗。村里早年放牛的都揣上了智能手机，无论走到哪，只要点一下百度地图或者凯立德、高德，GPS 都会在几秒内精确定位，让你明白自己身在何处。如果再先进一些，还会告诉你脚下的经度纬度，如果你是本·拉登，遥远的激光导弹就瞄准你"嗖嗖嗖"地蹿上来了。但是这些比狗还高级的玩意，也有不少连狗都不如的缺陷。随便让村里一个不识字的傻子带路，他都能把客人带到村里任何一个可以言传的旮旯角落，但是，把这个名字告诉任何一粒高明的飞弹，它都只会是个瞎子。对一个外乡人来说，一个村子就是另一个世界。

每一个村落都有自己五花八门的命名地，这些名字就是村里每个成员使用的独特暗语，掌握这些暗语，才能在村里正常生活，也才能在天南海北迅速区分自己的族人。网络也是个神奇的玩意，一个一个都藏在屏幕背后，甚至看不见人，听不到声音，只要打上几个字，对上几句只有本村人才知道的暗语，就能一下子摸清对方的底细。当然，要回答这些暗语，不在村里生活个八九年，三五句就会驴唇不对马嘴，露出破绽。

你是哪哈的？四川。

四川哪哈的？南部双峰。

双峰哪哈的？彭家。

彭家哪哈的？大柏树下面那一家。

大柏树下面哪一家？大路上面挨着碾子、院坝边上有个大石头那一家。

答上了这些暗语，对方就会直接从电脑那边打出你的名字。如果提问再深奥些：你知道桃木林那里有什么？如果你回答有桃树那就差之千里了，正确的回答应该是：桃木林有一口永不干涸的浅水井，没有桃树。

这种密语规则，世界流行。有部美国电影叫《风语者》，是说二战中有3600多名印第安纳瓦霍族人被征召入伍，其中有29人组成海军陆战队第382野战排，受命编译和解译密码，称为"风语者"，原来纳瓦霍族人的语言外族人听不懂，而且纳瓦霍词汇中并不存在军事术语，他们将常用的军事术语和原始的纳瓦霍词汇对应起来，编写通信密语，传递血火之中的战争信息，为胜利立下了不朽功勋。我们村的地名，与这些语言差不多，我们村的每一个村民，都是自己村子的"风语者"，虽然这些地名没有加密，但是对于异乡人，则是难以破解的密码。例如，在乡下，大家对米和公里这些单位没有多少直观印象，在表述的时候，经常会出现这样的对话：那棵树有多粗？有队里安高压线时砍的那棵柏树两个那么粗。那路有多远呢？有从宋家嘴到上河头那么远。这一问一答，双方都心知肚明，同村的人也都明白，但是，外村的还有谁懂呢？

如今，乡村这些亲切的地名，则似一张张久炼的祖传膏药，牢牢地贴在游子们的心坎上，在每一个佳节或者某些特殊的日子，缓解着一个个离乡族人怀乡的隐痛。

一

彭家不是一个家，而是一个50余户同族人聚居的小村落。当然，最初的时候，肯定只有一家彭姓的从湖广一站一站赶过来，最后在这个小山坡落户。我想，这个时间应该在二三百年前，是清朝乾隆嘉庆年间的事。

川北多山，连绵起伏，纵横交错，如同一棵倒下的残碎大树，树干是秦岭、大巴山这些大阻天堑，那些四处延伸的枝丫则是一个个有名或者无名的余脉。我们那些山是剑门山的余脉，剑门山脉有一处天下闻名的垭口叫剑门关。那个不知名的彭姓祖先选中了二帽岭山下的南坡，修房立屋，繁衍生息。二帽岭这山的得名也是因为在一面大山上又突兀地隆起了个小山顶，像古代状元戴的官帽。我相信，那位祖先选中这面山落户，应该与这座山形有关。后来不少阴阳先生时常说，这块地方背北向南，靠山是官帽，前山是笔架，是个好地穴，出人才。倒也是，山南和山北的村落里读书人不少，还走出过几个县长级别的官员，这在穷乡僻壤是了不得的事情。

二帽岭四面散落着不少村落，这些村落所在地之前都没有名字，哪家住下了，就按哪家的姓氏取名，彭家、李家湾、罗家河、袁家岩，这几个村落就把这座山的四面围完了，也就给这面山的每一片地域取了名。从此，这座无名的荒山开始美名远扬。

在周围的几个村子里，我都看到有圆桌面子粗的大柏树，树围有两三米，用"树围测龄法"来估算，这些大柏树生长年份在250年至300年间，倒推过去，栽下这些柏树的，就是乾隆嘉庆年间从湖北麻城迁徙过来的祖辈。这些远离家乡的湖北人，在修房立屋的同时，也栽下一棵棵柏树，殊不知，几百年后，这些树木居然成为寻根问祖的最好依据。这些迁居者在川北深山中拓荒生存，等家业兴旺之后，就修墓立碑，记载家族的来龙去脉，远远地怀念着自己的故乡。

在村里的墓碑中，我看到清代的古碑较多。石碑有写"皇汉考妣彭公讳某某某"的，也有写"大清考妣彭公讳某某某"

的，看来，这些祖辈肯定精通文墨，对文字的选取极其考究，刻写碑文的书法也无可挑剔。为什么用"皇汉"这两个字？我特别查证了一下，没有多少官方的说明。有朋友说，立碑者肯定是个特立不俗的人，或许有反清倾向，可能是在清朝末期或民国初年立的。我又仔细辨认了一下斑驳风化的碑文，落款有"大汉辛亥年"的字样，我想应该是1911年。我按我父亲的出生年份和祖上几辈人倒推，经过本元、国政、光耀、登庸、永喜、富成、学泗几辈人回溯，按25年一代来推算，立碑者应该是我的高祖登庸为天祖永喜预修陵墓时刻写的碑文，我看到碑板上"皇汉考妣彭公讳永喜蒲安人预修墓志"的字样，就基本能确定我的推断没有多大出入。村里还有不少道光、宣统年间的碑板，都拆下来做成了淘菜的水缸、猪圈的围栏。如果那些老辈还魂归来，不打死这些不肖子孙才怪。

父亲曾说过，我的祖上铸造过假银圆，后来还因此获罪。我想，这种银圆肯定不是一般的银圆，而是一种叫"辛亥大汉铜币"的东西。这背后的故事或许比我今天想象的更为惊心动魄。我查询了一些资料，基本摸清了脉络。清宣统三年(1911)，孙中山领导同盟会发动资产阶级民主革命，因该年以干支计年为辛亥年，故名辛亥革命。辛亥革命爆发后，全国各省相继响应起义。江西革命党人发动起义并建立政权，制造了全国最早体现革命政权建立的铜币，其面文与封建王朝的大清铜币针锋相对，为"大汉铜币"币面的左右侧有"辛亥"两字。在当时的历史背景下，币面"辛亥"实际上就是辛亥革命的隐意。币背内外圈各有九颗星，共计十八颗，象征着湖北、湖南、陕西、江西、山西等先后宣布独立的十八个省，十八颗星联成一体，象征着十八个省的军民团结起来，共同战斗。这些"大汉铜币"在辛亥革命政权刚建立才两个月多，便从造币厂里造出来了，并且在当时的社会上流通使用。由于历史原因，加上清廷的查禁，流通时间极为短暂，铸量甚少，弥足珍贵，被钱币收藏界视为"铜圆十大珍品"之一。通过斑驳的碑文，我知道在高祖的时候，家道已经极为兴旺，估计那时染房也生意兴隆，高祖在家大业旺的情况下，才树碑立传，歌功颂德。想必也是在这个时期，走南闯北，见多识广并有激进思想的他也开始铸造"大汉铜币"，响应革命，结果落得家道败落，百年未振。

二帽岭、九龙山从仙人岭分支出来，中间还伸出了一个个没有命名的山包，形成两个大山坳和许多小湾。这些小山湾里，要么聚居着各姓的族人，要么埋藏着逝去的先人。九龙山下的叫蒲家湾，牛郎垭下的叫李家湾，远远的与彭家南北相对。在这个山坳的东面，则是深深的峡谷彭家河。彭家河早年是一条蜿蜒粗糙的小河，涨水则漫田淹地，枯水则乱石暴露，成为光屁股孩子摸鱼捉虾的场所。河边陡峭悬岩上下的蛇形小路，如同一根曲折的脐带，暗示着生命的走向。如今，水面抬升，变得波澜壮阔，这条小河沟已经深埋在百米之下，当年的小路则隐身底层，成为著名风景区升钟湖的一段河床。关于这条小路，我相信，只会有越来越少的人知道它的容貌，直到有一天，它将永远成为一个谜。水，仿佛是另一种时间，把水下的一切变成历史。

彭家的右前方是河对面的李家湾，左前方是河谷对面的蒲家湾。几个村落间烟火吵闹，红白喜事，都一览无余。开门一望，就看到了对面的人家，即使是在这样的深山中，人家从没有感觉到孤单。每一个村落，就是一个祖辈的后代，他们聚族而居，日出而作，日落而息，守护着这祖辈留下的家园。

二

老院子、染房头是两座有名的四合院。老院子在上面岩，染房头在下面岩。半坡中间一条大道，把一个村落分成了两半，在成立农业社的时候，以大路为界，把这个村落分成了两个社。虽然是一个大家族，这一分，田地、庄稼、保管室也就划分开了，随着上下两个社分田分地和分财产的不均，多多少少引起了一些纠纷，上下两个社族人之间的情分就有了些隔膜。

上面岩最大的院子是老院子，老院子里有我的姑姑，经常上去。虽然同在一个村落，从下面岩到上面岩，还是感觉有些生分。从我能记事起，老院子就已经缺了一角，四合院只有三面。四合院里住的都是一个祖辈养育的几个亲儿子，儿子成家后，就分灶独立。祖辈有多少间房，有多少台柜子，多少田地，就按儿子的多少平均分成几份，成家一个，就分出去一份。没有结婚的，就跟父母一起生活，到了成家后，一年半载，就要分开过自己的小日子了。往往兄弟多的，媳妇间就会因此结下宿怨，老大分得少，老幺占得多，大媳妇占强，二媳妇心精……这些分分毫毫的小事，就会让兄弟姐妹间产生矛盾，结果亲兄弟之间的怨怼胜过外人。分家过后，低头不见抬头见，各家各户又生儿育女，老份子的房子不够用了，于是都纷纷拆旧屋建新房，曾经完完整整的四合院如同当年整整齐齐的一口牙，一颗一颗慢慢掉落，最后，只余下两条光秃秃的牙床。在四合院还没有拆完的时候，祖辈们就一个一个去世了，当年的雕花门窗、朱漆挑梁、桐油板壁全都拆得七零八落，有用的就用刨子一推，把上面的尘土污垢一除，或者重新刷一层漆，又是崭新的木料了，安放在新的房屋上。如果用不上的，就直接扔进火堆，化为灰烬。老院子还有一排房屋没有拆，虽然有粗大的柱子和抬梁，但是木楼低矮，后辈们进去都要撞头，所以只能堆放杂物了。

老院子少的那一面，就是楼门。拆下了楼门的四合院，就是一张缺了门牙的嘴。染房头在我小时候还是非常完整的，严严实实地把一大家子装在一方院子里。幸好我们院子里面的晒坝较大，可以铺两张大大的晒垫，所以我小时候没有感觉到局促。楼门是院子入口通道前一个高坊，檐下可以挂匾额，还有阁楼石梯。特别是红白喜事的时候，楼门前粗大的柱子上贴了或红或白的对联纸花，那才是要喜庆有喜庆，要肃穆有肃穆。楼门是一个四合院的脸，更是院子里各家各户的脸面，丝毫马虎不得。

染房头的居民中，我记得的都是光字辈的长辈了，之前的登字辈、永字辈的，在我没有出生前就去世了。光字辈的我要叫祖父，其中出过两个先生。先生就是老师，是民国时期剑阁师范的毕业生。国字辈与宗字辈是一个辈分，这个院子里又出了两个先生，还不包括另一个支脉的两个教师。这个院子叫染房头，却走出一个又一个教书先生，看来起初以经商为业的人家已经转向了耕读。经商的成果就是让这个院落命名为染房，同时还有那些土豪般的建筑。但是随着后来各家各户的拆迁，这个家族的商业成果已经荡然无存。耕读传家的家训却让儿孙们勤奋苦读，纷纷外出求学，结果也一个个远走他乡，离开了故园。

还能叫得出名字的院落，除了新房子就是保管室了。新房子是从老院子搬出去的兄弟新修的楼房，修建已经没有老四合院那样精细，同时也没有修成四合院，只是一排立木的川北民居，没有多少味道。然而保管室，则是一个应运而生的事物。保管室是什么时候修建的，完全可以推断。保管室修在下面岩一个大平坝里，有二十多间，室内抬空，无一根柱子，西面有一个木楼，楼上的板壁可以拆卸。室外的大坝子里还铺上了大小一样的光滑石板，是全社的晒场。在农业社的时候，全社的粮食都堆在保管室里，全社的男男女女集中在一起剥苞谷、晒谷子，那场面真是壮观。

包产到户以后，保管室就日渐空落，只有在春节或者空闲时，又会热闹非凡。春节初几头，村里组织看大戏，就在保管室演出。舞台布置在那个木楼上，把板壁一拆，观众就在晒坝里摆一排排长板凳看戏。如果下雨，演员们就转个身，村民们就搬到室内观看。雪亮的煤气灯光把舞台照得透亮，周围几个村的群众都赶过来，把保管室挤得满满的。每到这个时候，晒坝里卖甘蔗、橘子、小吃、玩具的小贩也过来了，这便是小孩子最开心的日子。那些穿得花花绿绿，唱得咿咿呀呀的川戏小孩子不感兴趣，都跑出来在晒坝外的小摊前打转转。剧团的演员分派到各家各户，与社员们一起吃住。各家各户都把这些演员当稀客一样款待，在吃饭的时候，我发现这些演员与平常人一样，没有什么特别之处，但是在舞台上，他们要么威风凛凛，要么美若天仙。大戏一般是唱五天七天，每天保管室都是人山人海，各家各户都有远近的亲戚过来，还有不少是带着介绍对象的重任来的。这家带个姑娘，那家带个小伙，远远地打个照面，然后背地里谈谈印象，于是就开始了来来往往的媒妁之言。

保管室的外墙上方有一排篱壁，一米见方，大小一样，上面用排笔写着一行白色的标语"全队总动员，苦战一星期，攻下米半高，胜利把洪关"。这幅标语白日黑夜站在屋檐下，鼓动着来来往往的行人。原来晒坝前面就是两山间的河谷，当年曾发动全大队的群众在这里拦河筑坝，修了全村最大的一个水库，让下河头的全部田地可以耕种两季，旱涝保收。

随着两个大院子人丁兴旺，在我小学还没有念完的时候，这两个院子就已经不复存在了，如同拆字游戏，四合院的一笔一画四处零落，再也看不出这些新修农家之间的亲疏远近。那些上了年纪的长辈，也开始如同一个多余的人，在这个儿子家吃住一个月，又到另一个儿女家吃住一个月，其间鸡毛蒜皮的柴米小事，也让村里家家户户吵闹不断。如今，保管室在闲置了几十年后，也终于拆除变卖，在原址上修起了一套民房。

这样的解体与纷争，与当年老人家唯愿多子多福家大业大的想法相去有多远呢？

三

彭家这个村子有四个多平方公里，除了在卫星地图上可以看到点黄绿的底色外，这块地方连名字都没有，因为这个村落小得连上地图的资格都没有，只有凭借彭家河、青龙宫村周围几座山和河流来推断，那几个地名围起来的地方，就是我们的那个村落。

老院子和染房头如同两株茂盛的蒲公英，在上面岩和下面岩自由生长，等到花繁叶茂的时候，微风轻轻一吹，那些小小的种子就四处飞散，然后落地生根。早年那两朵完整的家族之花并蒂开放了多久也无法查证，除了零碎的记忆，没有留下任何一丝影像资料。

这一朵朵小小的种子飞散到各地，在各自生长开放的同时，也把这一块块土地注册了地名。大爷家、二爷家、三爸家，这种格式的地名也进一步把那一片没有名字的土地划分得清清楚楚，让大家都能明白自己的所指。

除了这些房屋进一步细化了这块土地的命名外，其余的则是给一片片田地命名，让村民们能掌握自己的每一块土地。以山谷为界，村落对面统称对河，对河还有候子坪、新坟林、旧屋地、桃木林几个地标，用这些地标不能进一步表述的时候就用某某家的地来缩小区域。张国英的地，就从一块地的主人变成一片地域的名字。以河谷来命名的有上河头、下河头，然后就是黑瓮塘、石板堰几个水潭把河谷分成了几段。上河头和下河头水源好，田地可以种两季，春夏栽秧，秋冬种麦。一年四季，田地里都不放空。下河头的面积大，这么多的田地，还得细细命名，才能分得清楚。洞洞田、耙子田、凉水田、澄水田、青坪子、阴岩头、灯盏窝、坝尔头、青岗林，这些地标一定，各家各户的田地基本就能知道个大体方位了。

顺水走的田地一清楚，四下的旱地则又有新的取名法则。十亩地、栅上、麻石峭、柏树嘴、庙子嘴、宋家嘴、清明嘴、狮子嘴、蛮孔岩、偏倒石岩、尖角地、瓦子坪、矮木坪，这些地名一一与某一片地域对应，整个村庄的田地就各归其主了。

耕田种地要用牛，烧火煮饭要用柴，所以，还得把放牛场和柴草坡也要取个名。所以，南瓜坡、枯坟湾、水头坡、枣子树岩、四坡头这些名字就指向了那一片广阔的山坡。

对于长期居住在村里的人，只要这些名字一出口，脑袋里就有了那一方土地的方位轮廓，甚至在那一片土地上曾经发生过什么样的故事，都能一一浮现。狮子嘴的大石狮子一直待在那块地里，偏倒石岩的那块大石头还是那样黑漆漆的，枣子树岩的确有几棵野枣树，南瓜坡上没有南瓜。这些独家记忆，只存留在族人的记忆之中。

每一个村民，只要提起一个地名，肯定会记起许多自己的故事，而且有些故事不能与别人分享，只有独自回味或者慢慢遗忘，能分享的，许多也都是经过自己层层解密，没有多少利害关系的故事。四坡头那一片荒坡，每天一早，不念书的孩子和无事的叔叔婶婶就背上背篼镰刀，把自家的黄牛水牛拴上嘴笼，然后邀约着一起浩浩荡荡地向东面的放牛场前进。

到了坡上，把牛嘴笼解开，然后大家就找块平坦的石头，围在一起打扑克、捉虱子。等快到午饭的时候，才赶紧四下割点草回家。大家回家吃午饭的时候，就找棵粗壮的灌木或者小柏树，把牛拴在坡上，然后一同回家吃饭。饭后，又一路上坡，解开牛绳，继续晒太阳或者做游戏。有一种叫"打权"的游戏，孩子们乐此不疲。砍三根小树权，支在地上，大家一起割一小堆草放在树权边，站在几十米开外，拿出自己镰刀扔过去，如果打倒了那个小树权，那堆草就归谁。然后又割一小堆，继续比赛。年龄稍大的姑娘小伙不喜欢这些，大姑娘就跟上婶婶们学扎彩垫、织毛衣，小伙子们则打扑克。如果没有带扑克，就在石头上画个棋盘，走那些叫"山东棋""田字棋"的游戏。这些游戏玩腻了，要么就躺在软和的草坡上看龙马镇那边公路上一辆一辆拉沙的车，要么就找两株挨得近的小树在树间做空翻。就在这清新的空气中，凭借这简陋的健身器材，农家子弟个个长得壮壮实实，虎头虎脑。

从水头坡回来要经过一个绿幽幽的深潭，叫黑瓮潭，传说深不见底，无论天多旱，从来没有干过。早年我家木楼上有一堆破铜烂铁，我无事时常在里面翻，有天发现了几颗一拃长的子弹，我爹知道后，就把这些子弹摔进了黑瓮潭。后来他说那是搞武斗时捡回来的，之前好像有一颗手榴弹，也丢进了这个深潭，看来这个深潭才是最安全的地方。

从黑瓮潭上的水沟趟过，就是一块一块的层层水田，经过传说之前有个庙的庙子嘴和满是麻子般石头的麻石峭，到了柏树嘴，就回到了贯穿整个村落的大路。

走在各家各户的房前屋后，闻着一阵阵的油锅香味，仿佛就看到了自家灶台上留着的一碗蛋炒饭。

四

彭家这个小村落，在我懂事时，已经发展到50余户人家，村里所有的男人都姓彭，村里的女人除了娶过来的媳妇也姓彭。村里每个人的名字都按"思志学成，永登光（国），宗本治祥，文章传世，正立中堂……"的字辈取名，每个人的名字都有三个字，彭是姓，第二个字是辈分，第三个字才是自己的名。只要看到对方名字中间的字，就知道是自己的长辈还是晚辈，如同军人肩上的星杠肩章。如果是长辈的，不管对方年龄大小，都要按辈分让小孩子叫人家爷爷或者爸爸。与我同时代的，登字辈就是最高辈分的健在者了，只有一个老人，90多岁去世的。然后是光字辈的，也没有几位，基本上是国字辈、本字辈的，治字辈的还小。几年没有回乡，我爹说，光字辈的，只剩一个了。而现在大家取名都不按辈分了，老人们常说，现在的娃儿都没大没小的，不知道什么叫长幼尊卑。听到同姓结婚老夫少妻这些事，更是长吁短叹气得要死。

50余户人家，全聚居在村里耕田种地。后来，慢慢出现了赤脚医生、教师、厨子、砖匠、瓦匠、窑工、木匠、劁猪匠、算命先生、阴阳先生这些职业。这些人还是以务农为主，如果遇上需要自己出手的，他们就成为另一种身份的人。比起只会耕田种地的庄稼人，这些有手艺活的更加受人尊敬，同时能在种地之余挣点零用钱，家里的开支也宽裕些。

早些年，村里还没有电的时候，磨、碾子、风斗、筛子、垫子、簸箕这些是家家必备的农具。大磨和碾子算是村里的重大设备，都是祖传的，单家独户的一般没有能力再添置这些重装。村上大磨的磨盘直径有一米多，碾盘的直径在两米以上，磨扇和碾磙是两三百斤重的青石，这些装备，只有成年的牛才配套。在没有推磨和碾米的时候，这些纹丝不动的石头，就是周围邻居一起吃饭闲聊的场地。

在闲聊之中，村上的大凡小事很快就在全村传开了，让大家对村子里发生的一切都了如指掌。当然，口口相传的过程中，难免有言过其实或添油加醋，于是传来传去，又传回当事人耳中，如果传得有点过分或者以假乱真，当事人就会找到传话人当面对质，这就是一追一的"对闲话"，这是农村很扫面子的一件事，对的结果往往是两人当场对骂，都是道听途说，结果双方都觉得委屈，从此有了过结。

不过，在茶余饭后的闲聊中，村里的人和事如同一粒粒风中的种子，飞进我的耳朵，然后在脑袋里生根发芽。这个细节虽然与《尘埃落定》里面那个偷罂粟种子的藏人相似，但是，村庄里的故事不用偷，是随风传播的，只要愿意收藏，就会源源不断地送来。

其中有一个人物是果尔。乳名一直叫果尔，大名应该叫彭本什么。果尔生下来是好端端的，出麻子时把眼睛烧瞎了，但这似乎不影响他的生活和劳动。村里摇面的时候，家人把他牵来，他与常人一样，有力地摇动着摇面机沉重的手柄，在歇息的时候，也能端起一碗饭丝毫不差地吃进嘴里。他除了眼睛是灰色的，其他与别人一样。为了能给果尔找个谋生的职业，家人让他跟上师父学算命。算命先生一般都是瞎子。果尔记忆力惊人，学得也非常快。他在摇面的时候，人家向他请教，他还能随口背出那些复杂的口诀："甲子乙丑海中金，丙寅丁卯炉中火，戊辰己巳大林木，庚午辛未路旁土……"没学多久，果尔已经能上场摆摊了。我们村子周边有四五个乡场，逢场天，赶场卖鸡卖蛋的就顺路把果尔牵上场，然后果尔就在路边拉起自学的二胡，等过往的行人前来卜问吉凶。

果尔用一双看不见光明的眼睛，洞穿了一个个尘世俗人的前世今生，慢慢的，果尔声名鹊起，慕名而来的人越来越多。一个场镇，同行也不少，卖灰面的见不得卖石灰的。事后分析，肯定是果尔的名望和收入沉重地打击了另一个算命先生，果尔无意之中砸了人家的饭碗。在一个平常的当场天，当果尔吃了有人递给他的一个馒头后，在回家的路上吐血而死。是谁策划了这场谋杀致一个盲人于死地？果尔本身也看不到，同时也无法说出半点线索了。有人问，既然果尔神机妙算，那他为什么没有算出自己的死期呢？如果早知道，不吃那个馒头不就没事了吗？然而事实并非如此，冤死的果尔用自己的遭遇再次证实了一个铁律：再厉害的算命先生，都算不准自己的命；再非凡的阴阳先生，也看不准自家的地。大家看到过能够给自己理发的理发匠吗？看到过有能照见镜子本身的镜子吗？虽然果尔去世多年，他仍在族人言说中长存。

除了果尔，还有一个人物叫屁狗，屁狗的故事很传奇，我已经在另一本书《在川北》里专门讲述过。屁狗之外，大家最感神秘和神奇的，是一个懂阴神化水的。虽然这种职业看似不那么光明正大，但是在乡下，却是少不得的人物。这个人的辈分比我高，要叫爷爷。我在知道他时，他已人到中年，慈善而略带羞涩的一个男人。别人讲些荤腥的笑话，他都会露出一丝难为情的笑容。村里如果有人有披头散发、胡说乱道、噩梦连连或者三更半夜往村外跑这些怪异的举止，他就知道那人是中邪了，别人会找他治一治。万物皆有因，病只是一种暗示或者表象。要治病就要找到病源，中邪的病要到阴曹地府里面去寻根问底。这事一般在晚上进行，小孩子都要被赶得远远的，但事后总有一些细枝末节流传出来。那爷来到病人卧床的房间，烧几张黄纸，在水碗中放几粒米，口中念念有词，转眼间，打几个呵欠，倒床就睡，进入了阴间。然后那爷与阴间的人对话，询问病人得病的原因。这看似自言自语的一问一答，周围的人都听得清清楚楚。最为神奇的是，那些已经去世的人的声音与当年在世的时候一模一样，而且有些去世的人是这个阴阳先生从未见过面的，他咋能模仿得如此相像呢？所以，在场的没有不对这事信以为真的，日后对这个阴阳先生没有不恭敬惧怕的。病因查清了，那爷又一个呵欠，回到阳间，再使点法术，几天后，病人就完全康复了。我还听人说，阴阳先生下了阴曹后，会全身冰凉发硬，如果这期间谁摸了他的身体，他醒来后，会钻心疼痛。如果法力不够，还有下了阴曹回不了阳间的。这些事，虽然传得玄而又玄，但确实帮了不少人，我想，这或许是一种古老的催眠术或者神秘的心理疗法。

整个村落有名在册并全待在村子的，有四五百人，人上一百，形形色色，其实还有不少故事，一直在不断上演。

五

我老家屋后有几棵粗大的柏树，它用自己的腰围暗示着我们族人在这个山坡安家落户的年辰。那些树粗得要两三个成年男子才抱得住，我想，如果这些树一直长，会不会把我们村子长满，长到村里没有地方修房屋了呢？到时候，我们在哪里住呢？然而，我的担忧确实是杞人忧天了。

村庄如同一个成人的肚子，看着肚子一天天胀大，在我担心它大得双腿会不会承受不起的时候，那肚子却不长了，甚至一天天瘪下去。

上面岩的房屋从庄子嘴一直修到了老坟岭，下面岩的房屋从上河头修到了柏树嘴，第三层山坪坝尔头，有两家人落户了，对河也有一家人修过去了。照这样下去，二帽岭的南坡就要被一层一层的彭姓农房修满了。虽然房屋一年年增加，但从来没有谁修过柏树嘴的，那边属东面了，全是村里的地，大片大片的，有一种广阔的阴森。

早年的立木房大家觉得不洋气了，换成了用砖头方块石砌墙，用水泥板做楼板的砖瓦房。家里兄弟多的，一个兄弟修一层，三四层小洋楼也出现在深山里。殊不知，几十年后的一次大地震，立木房只是落了些瓦，而砖瓦房就裂缝坍塌，没砸死人也要吓死人。

修砖瓦房要不少钱，一般人想都没有想过。挣钱才是首要的。之前村民们努力种田种地，养鸡养猪，一年下来，总存不了几个钱。

是何时大家才开始谋划着走出村子去挣钱的呢？现在几乎没有谁记得了。我们村最早成规模外出的，应该是到新疆摘棉花。这还是从一件婚事引起的。村里有个叫云的姑娘初中毕业后，家里就开始张罗着给她介绍对象，父母介绍了几个，那云姑始终不同意，眼看着又到春节了，男家又要上门提亲，没有办法。云姑的同学有亲戚在新疆，说回来在招人去摘棉花。云姑横下一条心，私自加入了去新疆摘棉花的队伍。见人也跑了，父母也没有办法。两年后，云姑抱着一个孩子回到四川，好歹是自己孙子，云姑的父母才将就了事。云姑回来讲了不少新疆的事，新疆的棉花又大又松，轻轻一扯就下来了，一天可以摘上百斤，也就有上百元的收入。村里人听得热闹了，于是就跟上她踏上淘金之路。

头一年到了新疆的，见了些世面，觉得气候不惯，就商量着往广东跑。深圳、中山、东莞这些从来没有听说过的名字，成为村里另一个聚居地。一年一年，村里的男女老少都跑出去了。进厂的、当保安的、制模的，什么工种都有，三五年回来，都收拾得"洋歪歪"的。年轻人打扮得光鲜锃亮，中年人也穿夹克衫牛仔裤，比早年在家周正多了。村里有个中年人，既没有多少力气，也没半点技术，还是兴冲冲地跟上年轻人跑了三五年，钱虽然没有挣多少，但他把全国逛得差不多了，给人家摆起龙门阵，大家都羡慕死了。

之前村里50多户400多人，现在留在家里的，不到20个人。全是老人和小孩，小孩一长大，也到父母的广东、福建去了，村里的老人也越来越少。庄稼地也荒了，没有人种得动，也没有人愿意种。虽然现在连农业税也免了，老人们也只是在房前屋后种点菜和一点点庄稼，自己够吃就行了。一户一户举家外出，草都长到了院子里，没有人居住的房屋，毫无生气，一天天苍老。不说房屋无人护理，就连各家各户的祖坟也都深深地藏进杂草，或者被山洪冲毁，无人理会。

竹木森森，高过房顶，似乎要把村庄吞没。

大家都很少回到村里，都在各自的城市早出晚归，与城里人一样呼吸着城市的空气，穿行在城市的街道，然而，有谁知道，他们是一个个村庄出走的人呢？我们这个村落，有在山西、成都做老总坐大奔的，有在广东、湖南、福建、陕西各大城市当小老板的，也有在浙江、江苏买房定居的，他们都在异乡抛头露面，成为当地的土著。

突然有一天，我的QQ闪烁，有人加我进一个叫"青龙宫彭氏心灵驿站"的QQ群，一看这几个字，我心里一热，于是迅速进去一看，啊！全都在，原来村里的邻居、小伙伴全挂在网上，如同当年选举时的花名册，排得看不到尾。虽然前面的头像各不一样，后面数字不尽相同，但是看到姓名的开头，全是"彭彭彭彭"，就像当年在保管室开社员会一样，黑麻麻的。

大家都在电脑那头各自做着自己的事，挣钱糊口养家，空了上来说一句，然后大家有空的都七嘴八舌跟着说说，这与当年在碾子上吃饭摆闲条一样，只不过换了一种方式。

虽然村子一天天败落，大家在群里还不时说着不可能回去长住的乡村，还设想着，什么时候也在村里建一个大的狩猎场、无公害种植园、农家乐……

然而，我却在一边安静地计算，村里有多少户人全家外出，还有几户人家里有老人，再过五年，十年，村里还有几个人守在那里。

为了让我的地名统计不遗漏，我问网上挂着的一个个姓彭的，有早年在村里的年轻人，也有在外出生成长的，还有跟着儿女进城的老年人，有好些地名已经记不准了。当下都是这样，再过个三五十年，我们遗忘了村庄，村庄也会把我们遗忘。那些谜一样的地名，又会如当初取名之前一样，在土地上消失。我想，在什么时候，还会有新一轮移民过来，在这里修房立屋，然后给这里的坡坡坎坎重新命名。

不知道世事还会如何变幻，不知道我们还会走向何方，我相信，生养我们的那一块土地，永远会在那里等着我们。总有一天，我们还会在那里碰头。

2014年2月18日

（刊于《光明日报》2016年4月8日）